Ayato, Yoshitaka
& Ryoga
「月印の御子への供物」

月印の御子への供物

西野　花

キャラ文庫

この作品はフィクションです。
実在の人物・団体・事件などにはいっさい関係ありません。

目次

口絵・本文イラスト／笠井あゆみ

月印の御子への供物

「いくにち　いくにち　待てど暮らせど　おべべも米も　足らぬ足らぬは月が満ちぬ月が足りぬはどうしようか　どうしようか」

人気のない無人駅の前で、絢都《あやと》は一人、壁にもたれながら日の暮れた景色をぼんやりと眺めていた。春の宵。けれど片田舎のそれはどうということもなく、ただ申し訳程度に舗装されたアスファルトと、少し離れた場所に点在する民家が見えるだけだ。

駅のすぐ側にはバス停がぽつんと立っている。だが、今日出るバスはもうない。

「里の夜明けもままならぬ　足らぬ月は半分こ　半分こ」

絢都の口から漏れているのは古いわらべ歌だ。物心つく頃から知っていたこの歌を、絢都は度々口ずさんでいる。世の中には色んな種類の歌が溢《あふ》れているのは知っているが、子守歌のように聞かされてきたこの歌は、絢都の中に深く馴染《なじ》んでいた。

絢都は一日数本しか電車が止まらない過疎駅から更にバスで四十分ほどもかかる集落に住んでいた。毎日の通学は不便だが、生まれた時からそうなので、それについては特に何も思わない。ただ今日のように学校の用事でいつもの電車に乗れなかった時は、集落に帰るための最終のバスに乗れなくなってしまうのだ。

「足りぬ月は誰も見ず　誰も見ず――」

最後の節を歌い終わって、あたりは静けさに包まれた。夜の帳《とばり》が景色を染める。絢都はほう、と小さくため息をついた。その横顔は冴《さ》え冴《ざ》えとしていて、凛《りん》として美しい。絢都はまだ十代後半でありながら、どこかその年齢にそぐわぬ色香を持っていた。長めの前髪の間から覗《のぞ》く黒々とした瞳《ひとみ》は濡《ぬ》れているようにも見える。

やがて宵闇の中に小さなエンジン音が聞こえてきて、視界の中に一台の車が現れる。それは真っ直ぐにこちらに向かってきて、絢都の前にぴたりと横付けられた。

「遅くなって悪かった」

助手席のドアを開けてシートに滑り込んだ絢都にそんな言葉がかけられる。運転席にいるのは二十代後半の男だった。日に焼けた肌をしていて、精悍《せいかん》な顔立ちは男らしく整っている。ラフなTシャツの下から鍛えられた筋肉が盛り上がっているのがわかった。

「ううん。ありがとう――。何かあった？」

「出るところで村長に捕まったんだよ。これから絢都を迎えに行くって言ってるのにな。いつもの愚痴だ」

「ああ……」

絢都は苦笑するように、曖昧《あいまい》な笑みを唇に浮かべた。

「ごめん佳孝《よしたか》。俺のせいだ」

「いや、違うよ」

　佳孝と呼ばれた男は、車を出す。橙色《だいだい》から暗い青に変わっていく道がヘッドライトで照らされた。

「諒賀《りようが》がネットで商売を始めただろう。何か悪いことをやってるんじゃないかって言われただけだ。まったく、いつの時代に生きているんだろうな」

　諒賀というのは佳孝と同じく、絢都の幼なじみだ。とはいっても年は離れている。佳孝とは八つ、諒賀と七つ違いだ。彼らとは家同士が決めた主従関係のような間柄だが、絢都はこの二人の存在に助けられていた。そう、あらゆる意味で。

「儀式を早めろって話じゃないのか？」

「――……」

　絢都が言うと、今度は佳孝は答えない。車は山間の道を縫うように走っていった。

「別に俺は構わないけど」

「駄目だ」

「だって、たかだか一年くらい早めるだけだろ？」

「俺達が嫌なんだ」

「……」

佳孝の言葉に、絢都は曖昧な笑みを浮かべる。彼らの気持ちは素直に嬉《うれ》しかった。絢都自身がどこか捨て鉢な気持ちになっているというのに、彼らはそんな自分を心配してくれている。いや、これは心配なのだろうか。

「……それって、どういう気持ちから？」

「儀式は手順通りに行うべきだ」

「でも、村の過疎化ってもうシャレにならないレベルなんだろ。一刻も早くどうにかしたいって気持ちはわかるよ」

「だからといって、お前が犠牲になる必要はない」

佳孝の語調が少し強いものになって、絢都はふいと目線を逸《そ》らした。ぼそりと呟《つぶや》くような声が車内に響く。

「今のままじゃ、お飾りの当主だって言われる。『夜者《やしゃ》』だって二人もついているのに」

「俺達が『夜者』をやっているのは、俺達の意志だ。何度も言ったな？」

「わかっている」

それでも、自分は村のために何もできないのか。『月印《げついん》の者』として生まれてきたのに、村に何の恵みも与えることができない。それでいて月印の者の体質だけはしっかりと受け継いでいる。

車は村の入り口に差しかかった。道端に錆《さ》びた鉄の看板が立てられ、そこには『常師栄村《とこしえ》』と書かれてある。絢都は車窓からその看板をちらりと見やった。


現代社会の例に漏れず、常師栄村はもう何年も前から過疎による人口減少と、村自体の収益の減少に悩まされていた。南東北に位置するこの村は、山間にありながらかつては二千人を越える人口を誇っていたものの、現在では三百人ほどまで落ち込んでいる。

その村を統治しているのは、夜凪《よなぎ》家という家だった。村の始まりから一帯を取り仕切っていた夜凪家だが、現在その本家にあたる当主が絢都だった。もちろん通常であれば、家督を継ぐのは嫡子がきちんと成人してからが通例である。

絢都がまだ十代の学生の身でありながら当主の座についているのは、ひとえに絢都が『月印の者』だったからにほかならない。

『月印の者』は、夜凪家の直系のおおよそ三等親ほどの血筋に誕生する。

絢都が『月印の者』として生まれてきたために、絢都の家族はバラバラになった。父も母も、今は分家筋の家で暮らしている。絢都だけが一人、あの古い大きな家で暮らしている。絢都のために村から手伝いのものが何人か通ってきてはいるが、皆、絢都に対しては一線を引いていた。バラバラというのは正確ではない。正しくは、絢都だけが家族からはじき出されたというのが本当だ。

「着いたぞ」

門から広い庭に入り、玄関の前で車が停車する。だが佳孝がエンジンを切っても、絢都が降りる様子がなかった。

「絢都？」

「……」

絢都は佳孝の隣で俯《うつむ》き加減に唇を嚙《か》んでいた。ややあって唇が解けると、そこからはあっ、と熱い息が吐き出される。

「……佳孝……」

絢都は自分の身体が温度を上げているのを自覚していた。数年前から見知った感覚。これは、絢都が『月印の者』として生まれた時から背負った業《ごう》のようなものだ。もう慣れたと思ったが、自分ではどうにもならない衝動に時々嫌になる。これは、絢都がこの村の、そしてこの家の者であるという紛れもない証《あかし》だった。

『月印の者』は村と一族に繁栄をもたらすと言われている。それは夜凪の家に何十年に一度の割合で生まれると言われていた。下半身のどこかに特徴的な痣《あざ》を持つため、『月印の者』が生まれればすぐわかるという。そしてその子は繁栄をもたらすが、自身は被虐と淫蕩《いんとう》の性質を持つという。その性欲を解消するために付き従っているのが『夜者』と呼ばれる存在だ。『月印の者』は快楽を好む。そして得られる快楽が大きければ大きいほど村にもたらされる繁栄が大きくなるとされているのだ。

名前を呼ばれた佳孝は、窓の外の夜凪の家をちらりと一瞥《いちべつ》してから絢都に視線を戻した。

「……家の中に入るか？」

その言葉に、絢都は首を横に振る。

「この時間、多分まだ家に、手伝いの人、いる……」

「わかった」

その一言だけで佳孝は心得たようにシートベルトを外し、自分の座る運転席のシートを後ろに下げた。

「おいで」

促され、絢都は頬《ほお》を熱くしながら運転席の佳孝の膝《ひざ》の上に向かい合わせで跨《また》がった。詰め襟のボタンを外され、上着を脱がされる。白いシャツの上から身体を撫《な》で上げられた時、絢都の背がびくりと震えた。

「佳孝……、んんっ」

首の後ろを引き寄せられ、唇が重ねられる。彼の弾力のある肉厚の舌がすぐに這入《はい》り込んできて、絢都の口内を蹂躙《じゅうりん》した。

「っ、ふ…っ、んん、う…っ」

敏感な粘膜を舐《な》め上げられるだけでぞくぞくしてしまう。頭の芯《しん》がすぐにぼうっとするのを自覚した。

「汚さないようにしないとな」

唇を僅《わず》かに離し、彼が何か言っている。けれど絢都はもうその言葉がよく理解できなかった。夜凪の『月印の者』の淫《みだ》らな血が、身体中を熱くさせている。

カチャカチャという小さな音で、ベルトを外されているのだと気がついた。前を開けられ、ズボンが下ろされる。絢都のものは紺色の下着の中でそれとわかるほどに隆起していた。脚の間でじくじくと疼《うず》き、早く触って欲しくてたまらなくなっている。

「こんな勃《た》たせちまって。可愛《かわい》いな」

「う、うっ……」

下着の上から大きな掌《てのひら》がそれを包む。軽く揉《も》むように撫でられ、下半身に甘い痺《しび》れが広が

った。

「ん、ふ…っ、うう…っ、あ、佳孝、指、やらしい…っ」

「いやらしくしてるんだよ」

薄い布の上からくにくにと揉むように撫でられ、絢都のものはどんどん昂《たか》ぶっていく。先端から溢れた愛液が下着を濡らしていった。絢都は彼の両肩に縋《すが》るようにして捉まり、与えられる刺激に耐えている。

「乳首も舐めて欲しいか？」

「……んっ……」

恥ずかしさに震えながら小さく頷《うなず》いた。一旦火がついてしまうと、もう自分でもどうにもならない。本来絢都は羞恥心《しゅうちしん》の強いタイプだが、『月印の者』としての特性はそれを塗り替えてしまうようだ。恥ずかしい、いたたまれないという感情すらも興奮に繋《つな》がってしまう。

「じゃあ、胸出してくれ」

「……っ」

絢都は佳孝から手を離し、震える指で白いシャツのボタンを外す。露《あら》わになった胸の上でぷつんと尖《とが》っている粒がどこか卑猥《ひわい》に存在を主張していた。

「こ、これ……」

舐めて。絢都が声を出さずにそう訴えると、佳孝は顔を近づけ、その突起に舌先を伸ばす。

「んうっ、くっ」

　硬く尖った乳首を何度も転がされて、絢都の身体中に快感が広がった。力強い舌先で突起を弾《はじ》かれては押し潰《つぶ》され、時折軽く歯を立てられる。その間も脚の間は焦《じ》らすようにやわやわと愛撫《あいぶ》を受けていた。

「は、あぁあっ、ん、ア、あぁぁ…っ」

　乳首の気持ちよさと、下半身のもどかしさに腰が揺れる。佳孝の下肢を跨いだ太股《ふともも》は細かく震えていた。絢都の股間《こかん》は布地を押し上げんばかりに隆起していた。

「ああ…っ、やだ、そこ…っ、焦らして、ばっかりで…っ」

「うん…？　そろそろちゃんと虐《いじ》めてやろうか？」

　その言葉に、絢都の背にぞくぞくと興奮の波が走る。この、疼いているものを思い切りいやらしく責め上げられたい。そうされた時の快感を絢都はすでに骨身に沁みるほどに知っている。

「わ、かっているくせに…っ」

　幼なじみにして『夜者』である佳孝は、普段は優しく鷹揚《おうよう》なくせに、こういう時は少し意地悪だった。絢都がそうされるのを好むからだというのは薄々わかってはいたが、気づかない振りをする。

「なら、今日も泣かせるか」

佳孝の手が絢都の下着にかかり、尻の半ばまでずり降ろされた。そうされると肉茎が勢いよくまろび出てそそり立つ。その先端はぐっしょりと濡《ぬ》れていた。そしてその肉茎を大きな手で握られ、根元から搾《しぼ》るように扱《しご》かれる。

「ああ――…っ」

待っていた強い快感が身体を痺れさせた。絢都は歓喜に美貌《びぼう》とも言える顔を歪《ゆが》め、佳孝の肩を強く握りしめる。

「こら、欲しかったんだろ…。逃げるなよ」

敏感な器官は男の指に嬲《なぶ》られて我慢できない刺激で苛《さいな》まれた。

「あっ…、あっ…！」

強い快感に思わず逃げを打つ腰を、尻を掴《つか》むようにして引き寄せられる。わからせられるように先端を親指の腹で撫で回された。

「ひ、あ、ああ…んんっ……！」

絢都は耐えられずに髪を振り乱す。ひっきりなしに喘《あえ》ぐ唇から啜《すす》り泣《な》くような声が漏れた。

「気持ちいいか」

「ん、ぅ…あ、ああ…っ、い、いい……っ」

気持ちいい、と絢都は腰を揺らす。意識が恍惚《こうこつ》に呑《の》み込まれて思考が途切れ途切れになっていった。佳孝が指を動かす毎にくちゅくちゅと卑猥な音が車内に響く。そして彼の指が、絢都の肉茎の裏側にある『ある部分』を撫で上げた。

「あ…っ、ひうぅぅ…っ！」

一際鋭い快感が腰骨を砕く。肉体が一瞬にして燃え上がっていった。

「あっ、あっ！　そ、そこ…ぉっ、ああっ」

「ここが好きなんだよな」

佳孝が今、くりくりと撫で回しているところ。そこには三日月の形をした痣があった。

『月印の者』は、下半身のどこかにその証となる痣を持って生まれてくる。大抵は尻や内股などが多く、痣が性器に近ければ近いほどに淫乱な素質を持つと言われていた。

そして絢都のそれは、肉茎の裏筋にあった。

『月印の者』の性欲を鎮めるための夜者が、絢都には二人ついている理由がそれである。

「や、だ…あ、そこっ、そこされると、す、すぐ、イっ…！」

代々の『月印の者』の中でも、肉茎の裏側に痣を持つ者は他に聞いたことがない。絢都は最も淫らな月を宿しているのだ。それを聞いた時、どんなに絶望したことか。だが、絢都の思いとは反対に村の者はそれを喜んだ。絢都が淫乱であればあるほど、感じる快楽は大きくなり、その分村への恵みが大きくなる。そう考えたらしい。だから絢都は村の者達から多大な期待を寄せられていた。

「ああ、いいぞ、思い切りイけ」

濡れた指先で三日月形の痣をぬちぬちと擦《こす》られる。絢都は仰け反《の ぞ》り、「あっ、あっ！」と高い声を上げた。腰が痙攣《けいれん》し、絶頂が込み上げる。

「んんっ、あっ！　あうぅう…っ！」

蜜口から白蜜が噴き上がる。佳孝の大きな掌がそれをすべて受け止めてくれた。

「は、は…あ、あっ！」

乱れた呼吸を整えようとした絢都だったが、佳孝のもう片方の手が後ろから双丘を広げ、後孔の入り口に指が潜り込んでくる。挿入された時、ぬちゃっ…、という音が響いた。

「ん、ふぅんっ…っ、く、う、あ…っ」

「すごく濡れてるな。ぬるぬるだ。気持ちよかったのか？」

「そ、そんな、の、わかって…っ」

『月印の者』のもうひとつの秘密は、興奮や快感を感じると後ろが女のように濡れるということだった。

「儀式の日までに、ここをちゃんと準備しておかないとな。…そら、もっと奥まで挿《い》れるぞ」

「あうう、あぁぁ…っ」

長い指がぐぐっ、と奥まで這入ってくる。そうされると、下腹の奥からずくずくとなんともいえない快感が生まれてきた。直接擦られている肉洞もじんじんとして、熱い。

「あ、はぁあ…っ、きもち、いいよ…っ」

「なら、もっと擦ってやろう」

揃《そろ》えられた二本の指が絢都の中をじゅぷじゅぷと動く。時折弱い場所を掠《かす》められて、その度に絢都は佳孝の指を締めつけた。

「あふううう…っ」

「……っ」

佳孝の喉《のど》が鳴る気配がする。絢都は快感に閉じていた目をうっすらと開けて視線を下げた。ズボンの上から、彼のものが勃起《ぼっき》しているのがはっきりと見て取れる。

「……っ佳孝、挿れ、ないのか…っ?」

絢都はまだその身の内に男根を直接受け入れたことがなかった。『月印の者』が夜者の陽物を受け入れるのは、儀式の時と定められている。あまり肉体が未熟であると受け取る快感が小さいとされているからだ。そして儀式までの間、『月印の者』は夜者と身体を拓くための準備をする。だが儀式を迎えるまで本当の性交はしてはならない。許されるのは舌と指、そしていくつかの淫具のみだった。

そして十八歳を迎えた誕生日から三ヶ月以内の新月の夜、証人となる村人達の前で夜者と交わる。それが散華《さんか》の儀と呼ばれるものだった。

「挿れたら駄目だろう。まだ儀式前だ」

佳孝は律儀にそんなことを言う。彼とて、絢都に挿れたいのは明確であるのにだ。

「儀式というか……、まあ、お前がちゃんと大人になるまでな」

ここまでしておいて、そんなことに意味があるのだろうか。絢都はいつもそれが疑問なのだ。後ろでの快感を覚えるにつれ、佳孝と、そして諒賀のものをここに挿れたらどうなるのだろうと思っていた。

(できれば、三人だけの時がよかったな)

儀式では人目がある。仕方がないこととはいえ、抵抗はあった。儀式では、村人達の前で月印の者と夜者が交合を果たさなくてはならない。そんな恥ずかしいことは正直やりたくはなかった。だがそれが自分のお務めとあらば、拒否するわけにいかない。

「そのかわり、ここ、たくさん捏《こ》ねてやるから」

「んん、アっ、あぁぁあ…っ！」

中の弱いところを重点的に擦られ、絢都はたまらない快感に身悶《みもだ》える。指だけでこんなに気持ちがいいのだから、彼らのものを挿れられたらどうなってしまうのだろう。弱点をこりこりと嬲られて、絢都は卑猥に腰を揺らした。前のものもまた扱かれて、絢都は再び追いつめられる。

「ああっ、い——、いく、あっ、イく…うう…っ」

けれどそんな懊悩《おうのう》も、儀式に対する不安も、佳孝に与えられる快感に押し流されていった。

「じゃあまたな」

「うん。送ってくれてありがとう」

車のドアがバタン、と閉まり、エンジンがかかった車は絢都の前から動いた。夜凪邸の広い庭先でUターンをすると、そのまま道路へと出て行く。絢都はそれを見送り、やがて踵《きびす》を返すと家の中に入っていった。玄関で靴を脱ぐと、薄暗い廊下を進んでいく。すると奥の台所から中年の女性が出てきた。

「おかえりなさい、絢都さん」

「ただいま、琴《こと》さん」

琴と呼ばれた女性は五十過ぎの村に住む人で、絢都の世話をしてくれている一人だ。

絢都は夜者がついた日から、この家に一人で住んでいる。両親は同じ村だが別の家に移り住んでいた。

「お夕飯用意できてます。お弁当のおかずも冷蔵庫にありますから、いつも通り詰めてお持ちくださいね」

「いつもありがとう」

「いいえ！　絢都さんはあたし達の大事な人ですから」

琴は満面の笑みを浮かべて絢都に答えた。台所の窓から庭が見える。なかなか車から出て来ない絢都に、車の中で何をしていたのかは推して知るべしだろう。

絢都はこの村では特別な存在なのだ。

「今年は米の出来も悪くてね……。よろしくお願いしますよ」

琴は深々と絢都に頭を下げる。絢都は困ったような笑みを薄く浮かべた。

「じゃ、失礼します」

「ご苦労様」

琴が出て行った後、絢都は深く息をついた。村の人達は絢都をそれは大事に扱ってくれる。だが何の理由もなしに持ち上げられるわけがない。彼らは村の繁栄を絢都に期待している。

（ここ数年でまた人が減ったしな）

　この村も一時は賑《にぎ》わいを見せていた。昔は炭鉱をやっていたと聞く。けれど時代の流れと共に消え、村は起死回生のために農業に力を入れることになった。そして一時は成功するが、それもいつしか廃れ、村からは若い層がどんどん流出していく。

　村が発展していた時には『月印の者』がいたと聞く。痣を持つ彼らは期待に応《こた》え、村を繁栄させていった。そして今度は、絢都の番だ。

（けど、俺に本当にそんなことができるのか）

　今や科学も技術も発達している。テレビやネットを通して都会の情報も入ってきている。『月印の者』が村を繁栄させるだなんて、信じていない者もいるだろう。だがこの村ではそんなことは口に出しては言えない。ここで生きていくには、村の掟《おきて》に従うしかないのだ。それに納得できない者は出て行くしかない。

　絢都は古い家の天井を見上げた。

　代々続くこの家で生まれた『月印の者』は、夜者に抱かれながら粛々と役目を果たしていった。けれどその中には、村を繁栄できなかった者もいるのではないだろうか。その者達はどうしたんだろう。

　そんなことを考えた時、電話のベルが鳴った。びくりと肩を震わせた絢都だったが、電話台に近寄ると受話器を上げる。

「――はい」

『ああ、絢都か。儂《わし》だ』

「こんばんは、村長さん」

電話をかけてきたのは村長の相田《あいだ》だった。酒に焼けたような声は電話だと少し聞きづらい。

『もうすぐ儀式だろう。どうだ、夜者の連中とはうまくやっているか』

「……はい」

遠慮のない聞き方に、絢都は眉を顰《ひそ》めた。

『うん、結構結構。では明日な、ちょっとうちまで来てくれんか。色々話があるからな』

夜凪家が村の中で特別な位置にいると言っても、この村を実際に取り仕切っているのは村長だ。あまり外部の人間の出入りのない村では村長である相田の言うことは絶対に近い。それは現代でも変わりはなかった。この家を離れる前に両親が「村長さんの言うことをよく聞いてね。逆らったり怒らせたりしては駄目よ」と言っていたのを覚えている。

「わかりました。学校から帰ったらお伺いします」

『おう。待っとるぞ』

断られるなど微塵《みじん》も思っていないような言い方だ。電話は一方的に切れ、絢都は遅れて受話器を置く。憂鬱《ゆううつ》が身体中に広がっていくような気がする。さっきまで佳孝に快楽を与えられ、あれほど昂ぶっていた身体が冷えていくようだった。

(どうしてこんなことを思うんだろう)

自分以外誰も住んでいない、広い古い家の廊下で、絢都は立ちすくんでいた。

自分ではどうにもできないことを課せられる重圧。それを当然のように押しつけてくる村人や、村長。

『月印の者』の役目が、絢都の努力次第でどうにかなることだったならまだよかった。それなら、絢都も期待に応えるべく努力しただろう。

だが実際は『月印の者』の存在が繁栄をもたらすというだけで、絢都には他にどうしようもない。具体的に何か行動を起こそうとも、まだ学生の身ではどうすればいいのかわからなかった。そのくせ、『月印の者』の特性ともいうべき淫乱さは肉体にしっかり現れている。だからそんなものは迷信だとは除《の》けることもできない。

「――――」

絢都は目を閉じ、頭を振ると、そのやりきれない思いを振り払うように顔を上げる。足早に廊下を突っ切り、自分の部屋に入ると明かりをつけた。

絢都が自室として使っているのは八畳間で、私物の多くをこの部屋に集めてしまっているので、さほど広くはない。

壁の側にベッドと、簞笥《たんす》、細々としたものが置かれている棚、本棚、そしてパソコンが置いてある机。

絢都は机の前に座ると、パソコンのスイッチを入れた。側には絵を描くためのタブレットとペンが置いてある。ファイルを開くと、そこには描きかけの絵が呼び出された。細かいタッチで描かれた街の絵。美しく彩られたそれは魚が空を飛んでいたり、雲から階段が伸びていたりして、どこかファンタジックなものだった。

絢都は数年前からパソコンで絵を描くようになって、それを投稿サイトに載せている。唯一の趣味と言えるものだった。佳孝や諒賀も絢都の絵は褒めてくれている。いつか絵を描く仕事に携わっていければと思っていた。

けれど村の人達はそんなことを許してくれないだろう。新しいことをしていると村の人達から変な目で見られる。風変わりな髪色や服装をして、周りのことをまったく気にしない諒賀も変人扱いされている。彼が絢都の夜者でなければ、おそらく強制的にやめさせられていたのではないだろうか。この村にはそんな空気があった。だから、絢都がこんなふうに絵を描いているということも内緒なのだ。幸運なことに村の人達はパソコンで絵が描けるなどということは知らない。だから絢都は、誰にも知られずに描き続けていることが出来た。

(でも、村を出ることができたら?)

そして佳孝と諒賀と一緒に、どこか遠くで、好きなことをして暮らせたら。

――そんなこと、できるわけがない。

何度か頭に浮かんではかき消してきたこと。それは今手がけているこの絵以上に夢想的なことだった。

「今週中に仕上げて、アップしないと」

自分の絵を見てくれている人達は多い。その人達に喜んでもらいたいという思いで、絢都は絵を描いていた。描いているのは理想の街だ。

ペンを持ち、画面に線を引く。少しずつ絵が出来上がっていくその作業に、絢都はいつしか没頭していった。


村長の相田の家は、村の中心にあった。村の中では比較的現代的な家で、立派に見える。おそらくは夜凪の家よりも資産はあるだろう。

玄関のチャイムを鳴らすと、村長の奥さんが出てきた。

「こんばんは」

「あら絢都君。よく来たわね」

「村長さんに呼ばれたので」

「ええ、待ってたわよ。どうぞ入って」

絢都は相田の家に上がると、奥の部屋に通された。座敷に置かれた黒い大きな卓の前に、村長の相田が座っている。去年還暦を迎えた彼は年齢相応に恰幅《かっぷく》がよく、人が良さそうに見える。その目はいつも笑っているかのように細かった。

「やあ、絢都。座ってくれ」

「はい」

絢都は勧められた座布団に腰を降ろす。相田は和綴《わと》じの本を何冊か手にしていた。その他に積んである冊子も年月で退色している。

「儀式の資料を確認しとったんだ。もうじきだからな」

儀式の進め方の文献なら夜凪の家にもあった。子供の時から何度も見るように言われていたので、今更相田に教えられるようなことはない。

「すべて頭に入っています」

「そうか、さすが絢都は賢いな。しかし、何しろ『月印の者』が生まれたのは八十年ぶりだろう。どうにも緊張してな」

「村長さんが緊張されるようなことは何もないんじゃないですか」

絢都がそう言うと、相田は少しむっとしたようだった。だが絢都は気づかない振りをして運ばれて来た茶に口をつける。

「それで、どうだ、儀式をすれば、なんとかなりそうなのか」

「……はい？」

「お前は『月印の者』として、この村を責任持って繁栄させられるのか」

絢都は返答に窮した。そんなことはわからない。自分に与えられたのは『月印の者』としての特性だけで、どうすれば村に恵みがもたらされるのかはわからないのだ。

「……わかりません」

「わからないじゃ困るんだがなあ？」

相田の口調は優しげだった。だがそれだけに、こちらを詰めてくるような圧がある。

「何かこう……ないのか。夢でのお告げだとか、急に何かが頭に浮かんだだとかは」

この質問は初めてではない。絢都が成長し、儀式を行う時期に近づいた頃から度々繰り返されるようになった。

相田はこの村がゆっくりと衰退していくところを見ている。だからきっと、かつての繁栄を取り戻したいのだ。だが絢都は『月印の者』として生まれただけで、どうすればいいかなどという方法は知らない。しかし、相田にはそんなことはわからない。だからこうして、何度も聞いてくる。

「本当に、わからないんです」

「『月印の者』は、いるだけでいいということなのかなあ……」

絢都は黙った。自分のことなのにわからない。それは不安を呼び起こさせる。絢都はもうずっと、この不安に付き纏《まと》われていた。

「公義《きみよし》さんからは何か聞いてないか？」

「お祖父ちゃんですか」

公義は絢都の祖父で、両親と一緒に夜凪家から別の場所に移り住んでいる。村の中では最高齢の部類だった。

「あの人は先代の『月印の者』のことも知っているだろう」

「お祖父ちゃんは、何も」

絢都は自分が『月印の者』だと認識し、その使命を知った時、祖父に聞いたことがあるのだ。前回の『月印の者』の時はどうだったのか、と。

だが祖父は何も答えてはくれなかった。彼も知っていることはないらしいが、絢都が知れば、それは邪魔になると思っているようだった。

「その割には、あの人儀式のことになると口煩《くちうるさ》くなるんだよ。まあ、前の『月印の者』も外れだったしな。今度こそはと思ってるんだろう」

『月印の者』が存在すれば、必ずしも村が繁栄するというわけではない。『月印の者』には当たりと外れがあるのだ。いい『月印の者』は、言い伝え通りに村に恵みをもたらす。赤ん坊が生まれて健康に育ち、作物も多く実る。それが十年以上は続く。

そして悪い『月印の者』は、一時は繁栄したかのように見える。だが実りは短期間で終わり、その後はまた不作になったり、ひどい時は天災に見舞われたりするのだ。

「資料にも残っとらんしなあ」

相田が持っている資料は、ところどころが欠けたり破損している部分があるようだ。中には誰かが故意に破ったのではないかと思われるところもあるそうだが、定かではない。

相田から苛立《いらだ》ちが伝わってくる。村は空き家も目立つようになり、過疎化は免れぬように思えた。

「最近の奴は、すぐ都会に出たがる。絢都、お前は間違っても村から出て行くなよ。お前の夜者の一人の、諒賀か。あいつの口車に乗ったりするんじゃないぞ。まったく、わけのわからないことをしおってからに」

諒賀の家は農家だが、彼はネットで自分がデザインした服や小物を売っていた。そして、諒賀は自分がデザインしている服に絢都が描いたイラストをあしらってくれている。よく車で麓《ふもと》の宅配会社まで商品を発送しに行っている。絢都はそんな彼を行動力があってすごいと思っているのだが、相田達にとっては理解できないらしい。

この村は時間が止まっている。時に取り残されている場所だ。だが、絢都もまた、その中の一部なのだ。いつか外の世界に出て行けたら――と思ったこともある。だが具体的にどうしたらいいのかわからなかった。

それに、この村には家族がいる。一緒に住んでいないとはいえ、母は絢都に会えば身体を気遣ってくれ、優しい言葉をかけてくれた。父は無口な男だったが、きっと母と同じ思いだろう。祖父は厳しくて近寄りがたかったが、それでも血を分けた親族だった。だから家族のためにこの村に繁栄をもたらしたい。それは絢都の偽らざる気持ちだった。

「まあいい。儀式の日まで、身体を磨いておけよ」

「……っ」

その言葉に絢都は頭と顔に血が昇る思いだった。

儀式とは、村人達の前で『月印の者』と夜者が交合することだ。つまり絢都はこの相田達の前で佳孝と諒賀に抱かれなければならないのだ。

相田がこちらを見る目が途端に下卑たもののように思えて、絢都はもうここに一分たりともいたくないと感じる。

「用件はそれだけですか？　では」

　耐えられずに立ち上がると、絢都はその場を辞した。途中の廊下で相田の奥さんに会う。

「夕食を食べていけば」と言われたが、丁重に断ってその家を出た。

　舗装されていない砂利道を足早に歩きながら、体内を渦巻く様々な感情に耐える。気持ち悪い。儀式なんかしたくない。恥ずかしい。けれど、自分が役割を放棄すれば家族に迷惑がかかるかもしれない。それに。

（どうして、こんな体質なんだろう）

『月印の者』として何ができるかわからないのに、淫蕩と被虐の性質だけはしっかりと現れている。絢都は自分がひどく下劣なもののように思えた。

　夕暮れの村の中を歩いていると、一台の車がスッと横に止まる。

「よう。どうした？」

「諒賀」

　彼は絢都のもう一人の夜者、吉井《よしい》諒賀だった。佳孝よりもひとつ年下だ。彼はこんな田舎の村にいるのが考えられないほど洒脱《しゃだつ》な容貌をしており、髪の色も明るいので、村の中では浮いていた。だが本人はまったく気にしていない。いつだったか、「親父もお袋も俺のこと勘当したいのに、俺が夜者だからそれもできないんだよ」と笑っていた。

諒賀は佳孝よりも彫りが深く、少し外国人風の顔立ちをしている。だからよけいに目立ってしまうのかもしれない。けれど彼はそんな自分の容姿を少しも気にすることなく、むしろ誇っているようにも見える。

「どっか行ってたのか?」

「ちょっとね」

絢都の表情を見て何かを察したらしく、諒賀は「乗れよ」と短く言ってくれた。

「腹減ってるとろくな気分にならねえからな」

諒賀の家から少し離れたところに離れが建てられていて、彼はそこに住んでいる。

諒賀が作って出してくれたのは、グルメバーガーというものだった。絢都が知っているハンバーガーより高さがあり、挟まっている具も豪華だ。

「どうやって食べるの、これ?」

「紙ごともってそのまま食えよ」

彼は手本を見せるように包みごとバーガーを口に運び、潰すようにして齧《かじ》り付いた。絢都は真似《まね》て口に運ぶ。肉の旨《うま》みとバンズの香ばしさが広がった。

「うまい」

「だろ？　ここじゃこんなもん売ってねえからな」

諒賀は手先が器用でセンスもよくて、なんでもササっと作ってしまう。これも山を下りた先の街の、どこかのカフェで出ていたものだろう。だが高さのあるハンバーガーは食べるのに少し苦労する。絢都が口元にソースをつけながら四苦八苦していると、諒賀は笑って飲み物を差し出してくれた。これも、自家製のレモネードだった。

「で？　村長んちにでも行ってきたのか？」

「なんでわかるの」

「あのへんでお前と関係のある家っつったら村長んちだし、儀式近いし、お前死にそうな顔して歩いてるし」

「そんなひどい顔してたか？」

「可愛い顔が台無し。嘘《うそ》。そんな顔も可愛いけど、俺としてはちょっとおもしろくねえな」

彼の軽口に絢都は苦笑する。佳孝は何でも受け止めてくれそうな感じがあるが、諒賀はあまり深刻にならないところが救われている。彼を見ていると、どんな問題もなんでもないことのように思えてしまうのだ。

「儀式、嫌か？」

ふいにそんなことを聞かれて、絢都は首を傾《かし》げる。

「そりゃあ、積極的にやりたいかと言われたら、違うだろ」

「まあそりゃそうだ」

「でもそれで村が救われるならいいと思ってる」

「マジに？」

「……」

諒賀は軽佻《けいちょう》なくせに、時々鋭く切り込んでくることがあった。

「そう言われるとわからない。でも、俺はここ以外の世界を知らないし、ここには家族もいるし」

「そうだな」

そして絢都の言うことを否定しないのだ。物心ついた時から特異な存在として扱われてきた絢都にとって、それがどれだけありがたかったことか。

「アヤは久しぶりに生まれた『月印の者』だからな。こんな時代に」

もう少し前の時代に生まれていたならば、絢都も何も疑問を持たずお役目を引き受けていたかもしれない。だが、今は科学的になりすぎた。こんな田舎にいても中央の情報はほぼリアルタイムで入ってきており、どうしてもこの土地と比べてしまう。こんな高度に発展した世の中に、こんな風習が未《いま》だにあっていいのかと思ってしまうのだ。

「いっそ本当に迷信ならよかった。俺の身体に痣がなくて、あっても普通に過ごせていたなら」

迷信と切り捨てるには、絢都は『月印の者』の特徴を兼ね備えすぎていた。痣だけなら無視もできる。だが。

「お前は怒るかもしれねえけど、俺は夜者になれて嬉しかったよ」

「嘘だ」

「嘘じゃねえって」

こんなふうに拗《す》ねてみせるのは、甘えているからだ。

「役目なんかどうでもいい。俺はお前のこと可愛いって思ってる」

「……」

夜者は絢都の性欲を鎮めるためにいる。彼らは役目で自分の相手をしているに過ぎないのに、なんだか信じられなくて、嬉しくもあり、少し怖い。

彼はベッドに座る絢都の隣に腰を降ろし、ぐっ、と肩を抱き寄せてきた。微《かす》かに香るコロンの匂《にお》い。

「──佳孝とも言ってたんだけど」

諒賀はふいに言った。

「儀式が嫌なら、逃げるか?」

「……えっ?」

急にそんなことを言われて、一瞬意味がわからなかった。

「出て行きたいんだろ。ここから」

「────」

前触れもなしに告げられて、何も答えられなくなる。

(出て行きたい。この村から)

身動きの出来ない風習にがんじがらめにされ、いつも監視されているような生活から逃げ出したい。そんなふうに思ったことがないなんて嘘だった。

「お前さえその気なら、俺達はいつでも動く」

いつになく真面目な彼の声に、絢都はどう答えればいいのかわからなかった。

「……諒賀は、いつかここから出て行くと思ってたけど……」

ネットビジネスを立ち上げ、周囲から変人扱いされて、あからさまに浮いている諒賀は遠からず出て行くのだろうと思っていた。ただ、彼には夜者としての務めがあるから出て行けないのだ。

「俺が一人で出て行っても意味がない。お前も一緒だ。あとはまあ、ついでに佳孝もな」

いかにもついでのように言う諒賀の言うことがおかしくて、思わず笑い出す。

「何処に行く?」

「そりゃ東京《とうきょう》だろ」

彼が言うことは、まるで夢のようだと思った。日本の首都であり最も華やいだ都会であれば、この村ではできないどんなことも出来るような気がした。いつか本当に、そんな日が来たら。

「いいな。楽しそうだ」

「他人事みたいに言ってんじゃねえぞ」

諒賀の顔が近づいてくる。戯れのように軽く唇を啄《ついば》まれたと思うと、急に深く合わせてきた。

その瞬間に絢都の鼓動がどくんと脈打ち、身体の熱が上がる。

「んんっ…」

「もっと口、開けて」

言う通りにすると、諒賀は淫らに舌を絡めてきた。そんなことをされると絢都はすぐ夢中になってしまうので、必死で堪《こら》えていると敏感な口腔の粘膜をぞろりと舐め上げられる。

「ふう、んん……っ」

　ぞくぞくと背中に快感の波が走った。身体中の力が抜けていって、息が乱れてくる。

「お前のさ、もうどうにでもして、みたいな顔、すごくエロい」

「エロいのは、諒賀だろ…っ」

　せめて口だけでも抵抗すると、肩を軽く押されて、絢都はそのままベッドの上に背中から倒れてしまった。上から諒賀に見下ろされて、いたたまれなさに横を向く。そんなはずはない。

『月印の者』である絢都の性欲のために彼らが選ばれたのだ。

「そうだよ。俺エロいもん」

「あっ」

　首筋を吸われて、短い声を上げる。諒賀の手はあっという間に絢都の衣服を乱し、ズボンのベルトを外していった。するすると足を抜かれ、すんなりした下肢が露わになる。絢都はそれだけでもう愛撫を期待して、腰の奥を疼かせていた。

「諒賀…っ」

「わかってるって」

　するり、と下着も下ろされる。諒賀はそのまま絢都の両膝を大きく広げてしまった。剝《む》き出しの秘所が外気に晒《さら》される。絢都のものは、まだほとんど何もされていないというのに勃ち上

がりかけていた。

「今日はめっちゃしゃぶってやるよ」

「あ、あ……んっ、んぁああっ」

肉茎をぬるりとした熱いもので包まれる。鋭敏なそれをすっぽりと咥《くわ》えられてしまい、絢都は快楽の悲鳴を上げた。いきなりの強い刺激に頭の中がかき乱される。諒賀の舌にねっとりと絡みつかれて、腰が浮き上がった。

「あう、う…っ、く、んんんっ」

それを押さえ込まれてじゅうっ、と吸い上げられる。足先まで甘く痺れた。背中がしなって、シーツを鷲《わし》摑んで握りしめる。

「あっ、はっ、ああっ」

たまらない刺激が次々と襲ってきた。諒賀の口の中で好き放題に吸われて、絢都の敏感なものはびくびくと震える。上を向くと、目を閉じていても天井のライトの明かりが突き刺さってきた。こんなに明るいところで、恥ずかしい格好をさせられて。

「ちょっと舐めただけで、もうこんなビキビキになっちまって……。お前ほんとに我慢できないのな」

「う、るさ……っ、でき、ないよ、こんな…っ」

こんな気持ちいいの、我慢できるわけがない。巧みな舌先で肉茎を擦られる毎に、そこから熔けていってしまいそうな快感に苛まれる。絢都は何度もシーツから背中を浮かしながら、あっ、あっ、と淫らな声を上げた。

「……んあっ、んんんぁあっ！」

ふいに絢都が一際高い声で泣く。諒賀の舌先で、裏筋の三日月形の痣を舐められたからだ。そっと触れられただけでも声が出てしまうほど感じやすいそこを、彼は何度も舐め上げてくる。

「あ、あっ、ひ…っ、そ、そこっ、あっ！」

「ここが好きなんだろ。たっぷりしてやるからな…」

「あっ駄目っ、か、感じ、すぎっ……」

駄目だと言っているのに、諒賀はその痣をぴちゃぴちゃと音を立てながら舌先で可愛がった。絢都の内股がその度にぶるぶるとわななく。

「イきそう？」

「んっ、ん…っ」

絢都はこくこくと頷いた。

「んじゃこっち」

「んうっ」

諒賀の指が双丘の奥、後孔の入り口に挿入される。種類の異なる快感に貫かれ、絢都は火照《ほて》った喉を仰け反らせた。肉洞はもう、熱く潤っている。

「ほら、ここも…、こんな可愛い音立てちゃって」

「やっ、ううっ、…んううっ」

自ら濡れる肉洞が、諒賀の指で擦られ、内壁を穿《うが》たれて悶えるように収縮している。その度にくちゅくちゅと卑猥な音が響くのだ。快感を知った、けれどもまだ男根の味を知らない媚肉《びにく》が彼の指を締めつける。

「すっかりここの良さ覚えたか?」

儀式の日までに『月印の者』の肉体の準備を終えること。それも夜者の役目である。

「あっ、ああっ、ん…っ、き、きもち、いぃ…っ」

恍惚に呑まれた絢都は自ら淫らな言葉を口にしてしまう。そうするとより快感と興奮を得られることを教えられたからだった。

「よしよし。じゃあまず後ろでイきな。そしたら前もイかせてやるから」

「っ、ああっ、あ——…っ」

中の弱い場所をこりこりと責められて、絢都は泣くように声を上げる。そこを弄《いじ》られるともう我慢ができなくて、そそり立った屹立《きつりつ》の先端から白い蜜を噴き上げるのだった。

「んう——…っ」

「いい子だ。じゃあ、今度は前な」

まだ身体が絶頂にヒクついているのにもかかわらず、諒賀はそり返った肉茎を再び口に含む。

「あ、あ——…っ、ま、まだ、イって、あっ、あっ！」

達しているのに更に与えられる快感に、絢都は取り乱したように咽《むせ》び泣く。

それからしばらくの間は、諒賀の部屋に絢都の喘ぎが響き渡るのだった。

佳孝と諒賀が『夜者』になる前から、自分達は幼なじみのように育っていた。彼らは絢都とは年が離れていたけれども、不思議と気が合って共に過ごすようになっていった。

最初に意識したのは、絢都が七歳くらいの頃だろうか。

『月印の者』として生まれ、夜凪家の当主として育ってきた絢都には、本当の意味で打ち解けられる存在はいなかった。家族でさえそうだった。父は何か穢《けが》らわしいものでも見るように絢都を扱い、母はそれとは逆に可哀想なものを見るような目を向けた。そして祖父は、『月印の者』として生まれたからには立派にお役目を果たさねばと言い、とにかく厳しく当たった。

その当時、年の近しい者も親たちから何か聞かされているのか、面と向かって虐められはしなかったものの、どこか遠巻きにされているような感じがした。

絢都は村の中でいつも一人だった。そのくせ、自分の振るまいを村中で見ている。それはまだ年端のいかない絢都にとって、ひどく耐えがたいものだった。

ある時絢都は一人で川遊びをしていた。他の子供達は山に虫取りに行ってしまい、連れていってくれなかった。

（いいさ。こんなことは慣れてる）

自分に対してそう強がるのも数え切れないほどだった。

素足になって川に入り、何をするわけでもなく、ただぼんやりと水を蹴《け》って遊ぶ。水の飛沫《ひまつ》が太陽に反射してきらきらと光る。それが少しおもしろくなって、絢都は水を蹴り続けた。

その時にふと思う。

――この川は、どこに繋がっているんだろう。

上流はうんと山のほうにあるというのは知っている。では、下流はどこにあるのだろう。麓へと流れる川。その先には町がある。そしてその次はもっと大きな街へと流れ着いて、やがては広い海へと辿《たど》り着く。

(どんなところなんだろう)

そこには、きっと絢都を奇異の目で見る人間などいないのだろう。

(行ってみたい)

そんな考えが頭に浮かんで、絢都はふと、下流に向かって歩いて行った。だが、数メートルほども進んだ時だろうか。突然足が川の中に沈むような感覚がして、身体のバランスが大きく崩れた。

「――あっ!」

短く声を上げた後、絢都は川の流れの中に倒れていた。深い場所に足を取られてしまったのだ。そして運の悪いことに、そこは流れが速い場所でもあった。絢都の小さな身体は、みるみる流されていく。助けを呼ぼうと開いた口の中には容赦なく水が入った。絢都は泳げたはずなのに、一度流されてしまうと自分の身体が思ったように動かせない。

(助けて)

次第に頭を水の上に出せなくなっていった。苦しさと恐怖が絢都から力を奪っていく。

――死んじゃうのかもしれない。

ここで自分は溺《おぼ》れ死んで、身体がこのまま流されていく。

(そうしたら、知らない町に行けるかな)

ここじゃない、もっと自由に息が出来るところへ。

そんなことを考えているうちに、意識が真っ暗な闇に呑み込まれていくような感覚が迫ってきた。

ああ、もう駄目だ。

そう思った時だった。

「――大丈夫か‼」

大きな声が聞こえて、身体がザバッ、と持ち上げられた。そのまま抱き上げられて川から引き上げられ、乾いた地面の上に降ろされる。

「……うっ、ごほっ、ごほっ！」

「水を飲んだんだな。吐いたほうがいいぞ」

背中を摩《さす》る手が温かかった。絢都は胃の中に入ってしまった水を吐き出すと、そこでようやく我に返る。

（助かった……？）

誰かが助けてくれたんだ。

顔を上げると、そこには高校生くらいの青年がいた。短い髪で体格がよく、こんな田舎にはめずらしいくらいにかっこいいと言える容貌だった。

「大丈夫か」

「は…い」

目の前の青年に気をとられていると、もう一人、誰かがこちらに走ってくるのが見えた。

「佳孝！」

「おう、大丈夫だったぞ」

駆け寄ってきたのは、こんな田舎にはもっとめずらしい、いっそ浮いているのではないかと思うほどの青年だった。少し長めの明るい髪を綺麗《きれい》に整えて、耳にはピアスまで開いている。服装もかなり垢抜《あかぬ》けていた。そしてこちらも、タイプは違うがやはりかっこいい。芸能人みたいだと思った。

「よかった。はいこれ」

彼は手にした大きめのタオルを絢都に被《かぶ》せて、身体を拭《ふ》いてくれた。

「あ、ありがとうございます」

「ん…？　お前、絢都か？　夜凪家の」

「……はい」

「ああやっぱり。どこかで見たことあると思った」

この村では誰もが絢都のことを知っている。目の前の彼らも例外ではないのだ。

「どうしたんだ。足を滑らせたのか」

「……川遊びしてて、それで、深いところに足を突っ込んで」

「この川は流れの速いところもあるから気をつけなきゃ駄目だぜ」

「……はい。ごめんなさい」

絢都は悄然《しょうぜん》として答える。こんなことになったのだから、きっと家に連絡されるだろう。そうしたらまた祖父に叱《しか》られるかもしれない。祖父の拳骨《げんこつ》の硬さを思い出し、思わず肩を竦《すく》めた。

「身体はなんともないか？　病院に行くか？」

「……だ、大丈夫。もうなんともない。それより、このこと誰にも言わないで。お祖父ちゃんに怒られる」

絢都は咄嗟《とっさ》に佳孝と呼ばれた青年に訴えていた。飲んでしまった水はすっかり吐けたようで、気持ち悪いところはない。溺れている時に手足をあちこちにぶつけたらしく擦り傷ができているが、たいした傷ではない。それよりも祖父の叱責《しっせき》が怖かった。

「ああ、夜凪の爺さんて公義さんか。あの人怖いよな。俺もつい最近までハサミ持って追いかけ回されてたぜ。髪切れって」

「お前は素行が悪すぎなんだよ、諒賀」

「別に普通だって。この村がおかしいだけだよ」

もう一人の青年は、諒賀というらしかった。

「よし！　じゃあ証拠隠滅すっか」

ふいに明るい声を出した諒賀を、絢都は不思議に思って見上げた。すると佳孝も苦笑いのような表情を浮かべる。

「服乾かそう。俺んち来な」

「え、え…？　でも」

彼の家の人はどう思うだろう。絢都のことを見られたら、結局祖父に知られてしまうのではないだろうか。そんな不安が頭をよぎる。

だが、それは杞憂《きゆう》だった。諒賀の家には離れがあって、彼はそちらに住んでいるらしい。絢都はそこで濡れた服と髪を乾かし、温かいココアも入れてもらった。

佳孝と諒賀は幼なじみだと言っていた。子供の頃からよく二人でつるんでいたようで、悪いこともやった、と彼らはほくそ笑む。

「いいなあ」

絢都は純粋に彼らが羨《うらや》ましかった。自分にはそんなふうに気安い友達はいない。思わずそう呟くと、彼らは顔を見合わせた。

「なら、俺達と友達になるか?」

ふいに佳孝が言った言葉に、絢都は顔を上げる。

「え?」

「けど、俺ら村の中じゃけっこう煙たがられてるぜ。特に俺は。それでもいいか?」

「もちろん‼」

自分でも知らない間に、絢都は答えていた。けれども次の瞬間、思い出したようにハッとなる。

「あ…あの、でも、知ってるかもしれないけど、僕……」

「『月印の者』だろう」

佳孝は年齢にそぐわない落ち着いた声でそう言った。

「お前のことは知ってる。けど、それが関係あるか？」

「夜者はもういるのか？」

「さすがにまだだろう」

「い、いないよ」

絢都は首を横に振る。夜者は『月印の者』の性欲を鎮めてくれる存在なのだという。絢都はそれが何なのかまだ理解しきれていない。村長は絢都が『第二次性徴期』に入った頃に選ばれると言っていた。

「お前に夜者がついたら、少し困るかな」

「ま、それまではいいだろ」

彼らの言っていることは、半分くらいはよくわからなかった。けれどその時の絢都は、彼らと友達になれるという事実だけで胸がいっぱいだった。これでもう、村の中で一人にならなくて済むかもしれない。それだけで、くすんでいた世界に鮮やかに色がついたような気持ちになった。

「じゃ、仲良くしようぜ」

「よろしくな」

手を差し伸べられ、代わる代わるに握手をする。だがその時、絢都は身体の奥のほうがチリ、と焦げつくような感覚を覚えた。

それが何だったのかわかったのは、もっとずっと後のことだったが。


それから七年ほどは、自分達は年の離れた友達としてつき合ってきた。彼らは年上だけあって物知りで、絢都の知らないことを山ほど知っていた。諒賀は自分で服や雑貨をデザインするのが好きらしい。いつか自分のブランドを持ちたいと言っていた。その夢はとても彼らしい。だが佳孝が株や投資に興味があると知った時は、少し意外に感じた。彼はどちらかと言えば、身体を動かしているほうが好きなのではと思っていたからだ。

「そうか？　機を見て財を動かして得を掴む、っていうのが、おもしろいゲームみたいで俺は好きなんだがな」

「普通に金儲《かねもう》けが好きって言えよ」

「金は大事だろう。いつかここから出て行くためにも」

「そりゃ俺も運用の重要性はわかってますけどお」

それを聞き、彼らは着々と準備をしているのだとわかった。

自分はどうだろう。ここから出て行って生活していける何かを持っているだろうか。そんな時、絢都は佳孝から使わなくなったパソコンをもらった。

「絢都は絵がうまいだろう。パソコンで絵を描いてみたらいいんじゃないのか」

「パソコンで絵が描けるの？」

「ソフトを入れておいたから、使ってみるといい」

そう言えば、諒賀もデザインはパソコンでやっていた。絢都は町の本屋で専門書を買い、四苦八苦しながらも使い方をマスターした。似たようなソフトを使っている諒賀が教えてやると言ってきたが、自分でやらなければ意味がないと思ったのだ。

苦労の甲斐《かい》があってソフトのかなり高度な使い方まで熟知すると、絢都の画風はぐっと広がった。自分の思い描いた世界を描けるのが嬉しくてどんどん描いた。すると、描けば描くほど上達していく。そんな絢都が投稿サイトを見つけ、アカウントを取得するまでにはそう時間はかからなかった。田舎にいる自分が、日本中、あるいは世界中の人に作品を見てもらえ、評価してもらえる。それはとても心躍ることだった。

だがそんな時期も永遠とは続かなかった。絢都の肉体に、第二次性徴期が訪れたのだ。これまで感じたことのない熱と焦燥感。

(これが『月印の者』の感覚か)

わかっていたことなのに、絢都はこのことを誰にも言えなかった。家族はもちろん、佳孝と諒賀にも。彼らにはなんでも話していた。でも、このことだけは言えない。自分が明らかに異質なものに変貌してしまったようで、知られたくなかった。

けれど村長の相田は絢都の成長を見ていて、そろそろ頃合いかと思ったらしい。そしてそれは合っていた。

夜者を決める。命令とも思える言葉に、絢都は重い足取りで村の神社へと足を運んだ。夜者との対面はここの能楽堂で行う。四角い板張りの床に絢都が居心地悪そうに座っていると、そこへ相田が夜者を伴ってやってきた。俯いていた絢都は顔を上げ、そして次の瞬間に固まった。

「……なんで」

そこにいたのは、佳孝と諒賀だった。

「村長さん、どうして佳孝達が?」

「彼らに夜者になってもらうことにした」

絢都は絶句し、彼らの顔を順番に見た。彼らはいつも絢都が見ている優しくて気安い表情を封印したように押し黙り、真っ直ぐ絢都を見つめ返している。やがて居たたまれなくなり視線を逸らしたのは絢都のほうだった。

「お前も、仲のいい彼らにしてもらったほうがいいだろう。佳孝、諒賀、どうしてお前達が二人とも夜者に選ばれたのかということだがな」

相田の言葉に、絢都ははっとする。

「知っているだろうが、『月印の者』は下半身に痣が──」

「待ってください！」

相田の声を遮るように、絢都は言った。

「自分で、説明します。彼らに」

絢都の肉体の秘密。できれば彼らに知られたくなかった。だが、相田の口から明かされるよりは、せめて自分で言いたいと思った。

「だからもう、大丈夫です。村長さん」

夜者と引き合わされる時、初めてその身体を慰めてもらう。彼らがここにいるということは、そういうことなのだ。これは決して覆らない。

それでも絢都は、どこかほっとしている自分に気がついていた。身体を預けるのなら彼らがいい。村にいる他のどの男よりも安心できたから。

「……そうか。そういうことなら、頼んだぞ、絢都」

相田はよいしょ、と立ち上がると、部屋から出て行った。だが戸を開けながら振り返り、にやりとした笑いを残す。

「じゃ、ゆっくりしていけ」

引き戸が閉まる音がした。後には沈黙が部屋に広がる。

「……びっくりした」

三人になって絢都がそう呟くと、彼らも表情を崩し、困ったように笑った。

「どうして佳孝達が？」

「俺達がしょっちゅうつるんでいることは、村の連中も知っていることだからな」

こんな狭い村では、誰かの行動は筒抜けになってしまうのだった。

「歴代の夜者も、『月印の者』の近くにいる奴が選ばれがちだって言うぜ」

「そっか」

絢都は驚いたが、それほど突飛な人選ではないということか。けれど、彼らはいいのだろうか。これまで弟のような友達だった自分の性欲を鎮める役目など、嫌じゃないのだろうか。

「絢都」

佳孝は名前を呼んだ後で続けた。

「俺達じゃ嫌か」

「――――」

絢都はゆっくりと息を呑む。まさか、彼らからそんなふうに聞かれるとは思っていなかった。胸の奥からじわりじわりと熱いものが込み上げてきて、身体が震えそうになる。まずい。こんな時に。

「そろそろお前に夜者がつく時期だって、こいつと時々話してたんだよ。誰がついてもおもしろくねえなって、いつもそう言ってた」

「え……?」

諒賀の言葉に瞠目《どうもく》する。それじゃまるで――――。

「……なんだか、諒賀達が夜者になりたがっていたように聞こえるけど」

「そうだよ」

あっさりと彼は言った。

「俺達、夜者に立候補しようかって相談してたくらいだ」

「な、何で!?」

「今更理由がいるか?」

呆《あき》れたように答えたのは佳孝だった。

「お前を他の男に取られるのは嫌だ。だが夜者になるからには、お前のことを抱かなくちゃならない。自分にそれができるのかって考えたら――」

「余裕でできるんだな、これが」

彼らの話に、絢都は衝撃を受けた。こんな都合のいいことがあってたまるか。

「う、嘘だ」

「嘘じゃない」

「何なら試すか?」

彼らが腰を浮かしかけたのを見て、絢都は慌てて後ずさる。

「ま、待って」

「嫌なのか、俺達じゃ」

「違う」

そうじゃない、と絢都は首を振った。

「どうして佳孝と諒賀二人ともなのか、教えるから」

もう覚悟を決めるべきだと思った。だが、これを見ても、それでも彼らは自分の夜者を務めると言ってくれるだろうか。

「『月印の者』の持つ痣は下半身に出るって聞いただろう?」

彼らは頷いた。

「その、性器に近い場所に痣があるほど、性欲が強いとか」

今度は絢都が頷く番だった。立ち上がり、彼らの前でズボンを脱ぎ捨てる。少し躊躇《ためら》ってから下着もとった。シャツの裾《すそ》が、うまい具合に股間を隠してくれる。

「俺の痣は、ここに――」

声が震えた。絢都は泣きそうになりながらも、自分の三日月形の痣を見せた。恥ずかしくて、身体がどこかに吹き飛んでしまいそうだった。

能楽堂が沈黙に染まる。絢都は目を閉じていながらも、彼らの視線がそこに注がれているのがわかった。

「……そうだったのか」

佳孝が呻《うめ》くように呟く。

「こんな場所にあったら、そりゃなあ……。二人つけるよな」

諒賀の声もため息混じりだった。それを聞きながら、絢都はまるで沙汰《さた》を待つ罪人のような気分になる。

「ごめんなさい」

絢都は何に謝っているのか自分でもよくわからず、その場に膝から頽《くずお》れた。がくりと項垂《うなだ》れた肩に、けれど温かい手が置かれる。

「つらかったろ」

「ま、安心しろよ。きっちり面倒見てやるから」

顔を上げた絢都に、佳孝が口づけた。

「俺達がお前の夜者を務める」

「友達には戻れねえけど、勘弁な」

「……うん」

絢都はそれしか言えなかった。堪《こら》えきれない涙が溢れてきて、磨き上げられた床の上に落ちる。

絢都はその日初めて、彼らに身を委ねたのだった。

その夜は新月で、月が見えなかった。

村に唯一存在する旅館は夜凪《よなぎ》家が経営している。だがそれも今は宿泊客などほとんど存在しない。が、今日は珍しいほど人が入っていた。

もっともそれは全員が村人で、男のみだった。何かしらの役職についている者以外は、ここに入る権利は籤《くじ》で勝ち取ったものである。

「……いい儀式日和りだ」

「なるべく早くしたかったってのに、予定通りになったな」

「早めろって再三言われてたんだろ？　けど、卒業まではって、夜者達《やしゃ》がうんと言わなかったらしい」

「ま、今はうるさいからな、そういうの」

村人達の話し声が漏れ聞こえてくる。絢都《あやと》は隣の部屋で正座をしながら、白い浴衣の袖《そで》をぎゆうと握った。

窓へ視線を向け、空を見上げる。雲で覆われた空は星ひとつ見えなかった。

『月印《げついん》の者』が夜者と初めて身体を繋《つな》げる『散華《さんか》の儀』は、月のない新月の夜に行うことが吉兆だとされている。今夜の空は墨を塗ったようで、いかにも儀式にふさわしいように見えた。どうにか予定通りに行われることになったが、村長の相田《あいだ》は儀式を急ぎたかったらしい。それだけ村の現状が切迫しているということなのだろう。

「俺はこの儀式見るのは初めてだ。おもしろいもんが見れそうだな」

「みんな初めてだろ。絢都は小綺麗《こぎれい》な顔してるしな。楽しみだ」

下卑た会話も聞こえてきて、心が千々に乱れそうになる。一人で部屋に取り残され、緊張と心細さでどうにかなりそうだった。

その時、部屋の扉が開く。絢都が視線を向けると、そこには相田が立っていた。手に小さな茶碗を持っている。

「これを飲め」

「――――」

茶碗には液体が満たされていた。緑茶のようにも見えるがそうではないだろう。

「いい気分になれる。何も心配せずに儀式に臨めるぞ。代々の『月印の者』達が儀式の前に飲んでいた薬茶だ」

絢都は眉を顰《しか》めた。だが断れる雰囲気ではなく、恐る恐る口をつける。想像していた苦みはなくて、薄甘い味が口の中に広がった。飲み下すと、腹の奥が熱くなるような気がする。

「……っ」

甘い痺《しび》れのようなものが身体中にじわじわと広がっていった。頭の中がぼうっとして、思考が鈍るのを感じる。はあっ、と熱い息を吐く絢都を見て、相田は満足そうに笑った。

広間の中央には布団が敷かれ、枕元には何やらとろみのある液体と、そして卑猥《ひわい》な淫具《いんぐ》が並べられていた。壁際には村の男達が座ってこちらを見ている。

「……っ」

さっきの薬茶を飲まされてから、身体がふわふわしていた。足下が覚束《おぼつか》なくて、呼吸も乱れている。

布団の横に佳孝《よしたか》と諒賀《りょうが》がいるのが見えた。二人とも絢都と同じように白い浴衣を着ている。

「では、散華の儀を執り行う」

相田がそう宣言した瞬間、広間の熱気が膨らんだような気がした。

「あ、やぁ…つんっ、ああ…っ」

広間の中が湿った空気で満たされている。絢都は汗に濡《ぬ》れた喉《のど》を反らし、施される愛撫《あいぶ》に声を上げた。

左右の胸の突起のそれぞれを、佳孝と諒賀の舌で転がされていた。浴衣はすっかりはだけられ、もう申し訳程度に腕に引っかかっているだけだった。

飲まされた薬茶は、絢都に『月印の者』としての本性を剥《む》き出しにさせていた。見られているという羞恥《しゅうち》は残っているものの、緊張や不安は消し飛んでいる。興奮と感度が倍増し、二人の男に抱かれるという愉悦《ゆえつ》が絢都を支配していた。

「あ、あっ、んんっ、あっ、あー…っ」

硬く尖《とが》った胸の突起が舌先で何度も弾《はじ》かれる。その度に、まるで電流のような快感が胸の先から身体中へと広がっていった。時折乳暈《にゅううん》を舐《な》められ、焦《じ》らすように辿《たど》られてからふいに突起を咥《くわ》えられるのがたまらない。

「気持ちいいか？　絢都……」

「あっあっ、いい、いい……っ」

薬茶の影響で昂《たか》ぶっている絢都の口から卑猥な言葉が漏れる。この日まで、絢都は彼らの指や舌によって何年も丹念に拓《ひら》かれてきた。少し愛撫されただけでも我慢できるはずがない。

そして今日はいよいよ、彼らのものを受け入れるのだ。それを以《も》って儀式が成立する。

だがそのためには、充分に肉体を昂ぶらせなければならない。『月印の者』の快楽が大きければ大きいだけ儀式は成功すると言われている。

「ふあ、う、あっ、あ」

舐められ、膨れた両の乳首を、舌先でぴんぴんと弾かれて、その度に絢都の肢体《したい》がびくびくとわななないた。刺激されているのは胸なのに、股間《こかん》にまでダイレクトに快感が響く。その下半身は、彼らによってゆるゆると握られて愛撫されたり、あるいは内股を撫で上げられたりしていた。

「すげえ、濡れてる」

はしたないほどに勃《た》った肉茎の先端からは愛液が滴り落ち擦《こす》られる度にくちくちと密《ひそ》やかな音を立てている。後ろの窄《すぼ》まりも、きっと中は潤っていることだろう。身体の中が蕩《とろ》けていく感覚が自分でもわかった。

「あ…っ、あ――…、そ…こ、弄《いじ》って……」

「こうか?」

先端を撫で回されるのが悦《よ》くて、絢都ははしたなくねだる。佳孝が親指の腹で鋭敏なところを嬲《なぶ》ってくれた。絢都の腰が浮き上がる。

「ああっ、そ、そう、んんんっ…」

理性が飛んでいる。恥ずかしい。けど、気持ちがいい。もっとして欲しい。見て欲しい。

「はあ…っ、んぅ、うううんっ……」

あやしく身悶《みもだ》えしながら、絢都は自分の夜者と唇を重ね、舌を絡め合う。

「く、ふううんっ」

諒賀の指が双丘を押し開き、ヒクついている窄まりに指を挿入してきた。蠢《うごめ》く内壁を撫で上げられて、奥が引き絞られるような快感に貫かれた。弱いところを探るように動く指を思い切り締めつけてしまう。

「ああっ…、んっ、あぁぁ……っ！」

全身を二人がかりで愛撫されて、火で炙《あぶ》られているようだった。腕を頭の上に押さえつけられ、柔らかい腋窩《えきか》の肉をしゃぶられる。

「んあっ、あっ、あっ！」

くすぐったいのと異様な快感がない交ぜになった刺激に嬌声《きょうせい》を上げた。そのままぴちゃぴちゃと舐め回されて、身体中がぞくぞくと大きく震え出す。

「絢都……、もっと気持ちよくしてやるからな」

どちらの声なのかもうわからない。けれど興奮の坩堝《るつぼ》に叩き込まれている絢都は肉体の芯《しん》を熱く滾《たぎ》らせ、喜悦の表情を浮かべた。

広間の中は絢都の喘《あえ》ぎと体液の音、そして布の擦れる音が響いていた。周りの者は誰も声を発さない。けれど、食い入るように見つめる熱気と密やかな息づかいがあった。

「う、くうっ…う、ア、い、い…く…っ！」

全身をくまなく愛撫されて、もう我慢など出来そうにない。佳孝と諒賀に挟まれた身体が大きく仰《の》け反《ぞ》り、下肢がびくびくと痙攣《けいれん》した。

「んっあっあっ！　いっ…く、ああっ、出るぅっ……！」

容赦なく扱《しご》かれた肉茎の先端から白蜜《しろみつ》が噴き上がる。びゅくびゅくと音がしそうに弾けたそれは、布団の上をぱたぱたと濡らしていった。

「よしよし。たくさん出したな。えらいぞ」

「は、はあっ、ああっ……」

一度射精しても、薬茶で昂ぶった肢体は収まらない。指を挿入され、かき回されていた肉洞が男根を欲しがってうねる。

「い、挿《い》れて…、ここ、挿れて、ほし……っ」

「もう少し待ってろ」

「ああっ」

いきなり腰を高く持ち上げられた。身体を折られるような格好にさせられ、押し開かれた双丘の狭間《はざま》に、佳孝がぞろりと舌を這《は》わせる。

「ふぁああっ……」

ひく、ひくと悶《もだ》える窄まりに、舌先が捻《ね》じ込まれた。内壁を舐められる刺激にまたしてもイきそうになる。

「あっ、あっ、くぅうんっ…！」

小さな極みが絢都の身体の内側で弾けた。これは甘イキというものだろうか。とてつもなく気持ちがいいのに、もどかしさが募ってしまう。

「は…ひぃ、は、あ…っ」

この日のために、彼らの指と舌が絢都に後ろでの快感を教え込んできた。だからもう、充分にそこは解《ほぐ》れている。ただでさえ『月印の者』は、後ろが自ら潤う体質なのだ。

「あ、ああ…うぅ…っ、そ、そこ…っ、舐め、ないで……っ」

「もう少し我慢だ。そしたら、奥まで挿れてやるから」

くちゅくちゅと音を立てながら舌嬲りが続く。下腹が疼《うず》いて、どうにかなりそうだった。

「あああ――っ」

時間をかけた前戯に絢都が咽《しの》び泣く。どこかからごくりと固唾《かたず》を呑む音が聞こえてきた。見ている男達から、はあ、はあと息を荒らげる気配も伝わってくる。佳孝が絢都の後ろからようやく舌を離し、脚を抱えて組み敷いてきた。

「……待ったぞ、絢都…、やっと挿れられる」

「あ、あ、はや、く…っ、あふ、ああっ…！」

両の乳首を、諒賀の指先でこりこりと弄られる。その快感に震えながら男根の挿入を待ち侘《わ》びていた。

ひっきりなしに収縮するそこに、いきり立った怒張の先端が押し当てられる。絢都が喉をひくり、と上下させた時、それはずぶずぶと押し入ってきた。

「あっあ、あぁぁああ」

全身が総毛立つ。それは指や舌などとは比べ物にならないほどの存在感を持ち、絢都を圧倒した。熱くて、硬くて、大きい。

「んっあ、あ、あ――…っ！」

さんざん待たされた絢都の身体は耐えられず、挿入の刺激だけで達してしまう。その瞬間に乳首も強めに抓《つね》られてしまって、びくびくと身体が痙攣した。

「どうだ？　初めての男のものは」

諒賀が薄く笑いながら絢都に尋ねる。

「ああっ…あ、す、ごい、こん、なのっ……！」

「……すごく、きつくて熱いぞ、絢都」

じゅぷ、じゅぷと音を立てて動きながら、佳孝は感嘆したように囁《ささや》いた。

「ずっと、お前の中に入りたかった…。こうして、突き上げて」

ふいに佳孝が小刻みに腰を動かし、絢都の媚肉を振り切るようにして責め上げる。

「はあぁあっ」

これまで感じたことのない強烈な快感が脳天まで貫いてきた。絢都は力の入らない指で敷布を鷲《わし》掴み、身悶える。

「ああっ、きもち、いぃ…っ、あぁぁっ」

肉体の奥深いところまで犯され、かき回されるのはえも言われぬ快感だった。同時に乳首を虐《いじ》められる刺激が身体の中でひとつになり、大きな愉悦に膨らんでいく。身体が快楽で弾けてしまいそうだと思った。

「こうされたかったんだろう？　たっぷりしてやる」

「ああっ、あああっ、いっイく、いくぅぅう……っ！」

次第に容赦なくなっていく抽送に、絢都は啼泣《ていきゅう》する。佳孝の男根の張りだした部分である場所を抉《えぐ》られると、特に駄目だった。腹の奥がどろどろと溶けていくような感じがする。絢都自身は脚の間で可哀想なほどに勃起《ぼっき》して、先端を濡らしていた。諒賀の指先が時折それをそっと撫でていくので、絢都はその度に声を上げる。

「ああっ、これっ、すきっ…、ぁああっ」

お預けにされていた挿入の快感は絢都を蕩けさせ、恍惚《こうこつ》とさせた。佳孝が喘ぐ唇を塞《ふさ》いでくる。

「んう…っ、ううう」

「これからは、うんと挿れてやるよ」

もう解禁だから。そう言われて、絢都は嬉《うれ》しい、と漏らした。

「中に…、出すからな」

「うんっ、あっ、あ、出して…っ、なか…っ」

どくんどくん、と佳孝の脈動が大きくなっている。より速く大胆になっていく動きに絢都はかぶりを振って悶えた。内奥で熱いものが弾け、肉洞を満たしていく。

「ぐ……っ」

「ふあっ、あああぁ…っ！」

佳孝の短い呻《うめ》きと、絢都の嬌声が重なった。男の精に満たされ、絢都の表情が恍惚となっていく。佳孝の熱が身体中に広がっていった。自分はこうして満たしてもらいたかったのかもしれない。

「…っあ」

だから、彼のものがずるり、と抜かれた時、絢都はその喪失感に物欲しげな声を上げ、諒賀のことを見上げた。

「よし、次は俺な」

彼は位置を移動すると、絢都の上体を抱え上げ、うつ伏せにさせた。背後から腰を抱え上げられ、たった今犯されたばかりの後孔に怒張の先端を押しつけられる。

「行くぞ」

「んっ、ん…っ」

こくこくと頷《うなず》いた時、それがぬぐ、と肉環をこじ開けてきた。途端にぞくぞくっ、と快感の波が走る。

「うあ、あ、あ」

絢都の中はすっかり潤い、しかも直前に佳孝がたっぷりと放っていたせいで、何の苦もなく諒賀を受け入れた。

「すっげえ、ぬるぬるしてる…」

これは遠慮はいらないと思ったのか、彼は絢都の双丘を鷲摑むと、入り口近くから奥までを擦り上げるようにして突き入れてきた。

「んんぁぁあ…っ！　あはあぁあ…っ」

そんなふうにされると、一突き毎に頭の中が真っ白になる。思わず助けを求めるように腕を伸ばすと、佳孝がそれを捉え、淫《みだ》らな口づけを与えてくれた。

「んううう…っ」

舌を突き出し、口の端から唾液《だえき》を滴らせながら舌を絡める。すると、まるで嫉妬《しっと》したかのように背後で律動が激しくなった。

「うあっ、あぁぁあっ」

「アヤの弱いとこ、ごりごりしてやるよ」

「ふあっだめっ、す、すぐイくっ…！　いっ、——〜っ！」

弱点を責められ、絢都は堪《こら》えきれずに絶頂に達してしまう。けれど諒賀の責めは緩むことなく続く。

「くぁあ…っ、あ、や、イってるっ、いま、いっ…！　んあぁあ…っ」

断続的に訪れる極みに絢都は取り乱し、どうにもならずに翻弄《ほんろう》された。身体の底から快感が込み上げてくる。我が物顔で揺さぶられる身体を支えきれず、絢都は目の前の佳孝に縋《すが》りつくようにして耐えた。

「やっ、ああっ、あっ」

「…っアヤ…っ」

搾《しぼ》り取るように締めつけた内壁に、諒賀の精が強《した》かに叩《たた》きつけられる。その感触にすら耐えられず、絢都は絶頂を繰り返した。

「あ、は…ア、あうぅ…っ」

がくり、と頭を垂れた絢都だったが、次の瞬間に瞠目《どうもく》した。絢都の上体を抱え上げた諒賀が布団の上に座り込み、まだ挿入されたままの絢都は、自重で彼のものをより深く咥え込むことになる。

「ああ――…っ」

「さあ、いい子にしてろよ、アヤ」

諒賀はそう言って、絢都の両脚を佳孝に向かって大きく開いた。すると佳孝が、布団の脇に何かをたぐり寄せる。手にしたそれは、植物で出来たこよりのようにも見えた。

「な…に…?」

「大人しくしてろよ」

佳孝はその先端を何かの液体に浸し、絢都の股間《こかん》に近づけてきた。ふと嫌な予感がする。だが身じろぎをしようにも、まだ後ろに諒賀のものが深く突き刺さっていて動けない。

「あっ、佳孝っ…」

佳孝は絢都の肉茎に手を添えると、こよりを絢都のものの先端に近づけた。そして愛液を零《こぼ》す小さな蜜口にそっと宛《あて》がう。

「じっとしていろよ」

「く、ああっ！」

びくん、と身体が跳ねた。異様な感覚が絢都を襲う。絢都は精路を、そのこよりに犯されていた。

「ひ、んん――…っ、ぅああっ」

淫具と化したそれに鋭敏な孔を蹂躙《じゅうりん》され、絢都は悲鳴のような声を上げる。けれどそれは苦痛の声ではなく、快楽に濡れていた。佳孝がそれをゆっくりと動かす毎に、凄《すさ》まじい射精感が込み上げてくる。けれど精路を塞がれているためにそれが叶《かな》わないのだ。

「あっ、あっ！　それ、やっ…！　ああうんっ…！」

広げられた内股に不規則な痙攣が走る。擦られている狭い粘膜はじくじくと疼き、無体な愛撫に激しい快感を訴えていた。そして後ろの肉洞を収縮させる度に諒賀のものでも快楽を得てしまい、絢都は次第に正気を失ったように喘ぎ始める。

「あ…ひ、〜っ、ふあっ、あっ！　ん、い…く、イくぅぅう……っ！」

仰け反り、諒賀の肩口に後頭部を押しつけた絢都の肢体がびくん、びくんとわななないた。諒賀はそんな絢都の乳首を指で優しく転がし、首筋に舌を這わせた。その刺激も相まって、絢都はずっと泣くような声を上げている。

「どうだ絢都……、これも、気持ちいいだろう」

佳孝が優しく囁いた。彼が手にしたものを動かす度に、ぐちゅ、ちゅぷ、と淫らな音が響く。

「は、ア、き…もち、いぃ、うう、んっ！　だ、し…たい……っ」

吐精したい、と絢都が訴えた。だが佳孝はそれの答えだとでもいうように、精路の中でそれをぐるりと回す。

「あっ、ひ——〜っ、うっ」

がくんがくん、と絢都の全身が震えた。諒賀はそれを宥《なだ》めるように、身体中に優しく指を這わせてくる。

長い快感の果てに、佳孝がようやっとこよりを絢都の精路の中から抜いた。ずるるる…と体内を擦られて、それを追いかけるように射精感が全身を包む。

「あああっ！　あぁあ————…っ」

ちゅぽ、という音と共にそれが抜かれた瞬間、絢都は潮を噴き上げた。はしたない水音と、精液とも他の体液ともつかない液体を弾けさせる。

「くあ、あ――～～っ」

その体液は、佳孝が用意された大きな杯で受け止められた。半分ほど満たされたそれを、佳孝は近寄ってきた者に渡す。それは村長の相田だった。

ようやく吐精が叶ってくったりとしている絢都を相田は一瞥《いちべつ》し、杯を恭しく両手で捧げ持って、壁の近くに設置された祭壇へと持っていく。

絢都の杯は祭壇の一番上に献上された。

この一連の儀式を以って、『散華の儀』は完遂されたのだった。

この村にある唯一の神社は高台にあった。そこからだと村の全貌を見渡すことが出来る。

春も近いとはいえ、三月はまだ寒い。絢都は上着の襟に顔を埋めるようにして眼下の村を眺めた。

春になれば花が咲き、緑も色づき始める景色も、今はまだ冬枯れの中にある。だから村の衰退が一層目立って見えた。

『散華の儀』から二年。絢都ももうすぐ成人を迎える。

儀式を終え、『月印の者』として村に蜜を捧げれば、恵みがもたらされると思っていた。

だが、村は一向に栄えを取り戻さない。

米の収穫は一度だけ良くなったが、次の年にはまた不作になった。

そして過疎化は更に進み、産業である農業も、次第にその収益を細らせるばかりだった。ここから見ると、明らかな空き家や、放置された田畑が目立つ。それは絢都が儀式をした二年前から少しずつ、少しずつ増えていって、決して減ることはなかった。

「――――」

絢都の唇からため息が漏れる。

自分の存在はこの村のためにならなかった。『月印の者』として、意味をなさなかったのだろうか。

その特徴だけは、色濃く身体に残しているのに。

夜者である佳孝と諒賀は、相変わらず絢都の側にいてくれた。彼らのおかげで、絢都はこの村でも孤独を感じずにいられる。

(けど、俺は出来損ないの『月印の者』だから)

佳孝も諒賀も、もうこんな自分につき合うのは嫌ではないのだろうか。

村の現状を見るにつれ、絢都はそんなことを思ってしまう。

「――いくにち　いくにち　待てど暮らせど　おべべも米も　足らぬ足らぬは月が満ちぬ月が足りぬはどうしようか　どうしようか」

絢都はいつしか、子供の頃から知っているわらべ歌を口ずさんでいた。物心ついた時から歌っていたような気がする。歌詞の内容からなんとなく、『月印の者』のことを歌っているのではないかと思っていた。

歌いながら坂道を降りる。途中でお参りに行く老婆とすれ違った。彼女は確かマサさんと呼ばれていた。

「こんにちは」

「……」

返事は来なかった。マサは冷たい目で絢都を一瞥すると、そのまま参道へ行ってしまう。その様子に、絢都はため息をついた。

一年ほど前から、村人の絢都に対する態度が冷淡なものになっていったと感じる。以前は『月印の者』として、特異な目で見られていたものの、それでも絢都を持ち上げるような態度があった。

理由はわかっている。村がちっともよくならないからだ。

それは絢都の責任で、村に恵みがもたらされないのは絢都が悪いのだ。

とはいえ、あからさまに無視を決め込まれるとやはり堪《こら》えるものだった。

(学校があった時はまだよかったな)

少なくとも学校にいる時は、常師栄《とこしえ》村の外の人間と交流することができる。村の風習のことを知っている者もいるが、絢都の体質を知る人間まではいなかった。年配の者に少し聞いている程度なのだろう。

今、絢都は進学せずに村にいるだけだ。『月印の者』には労働をさせない。だがそれだけに、役に立たないと白い目で見られる。

「おーい、絢都！」

少し離れたところから自分を呼ぶ声がした。見なくとも声でわかる。それに、自分をそんなふうに呼ぶ者は、この村ではもう二人しかいない。

振り返った先には佳孝がいた。向こうの通りから、こちらに手を振っている。

「よした……」

言いかけて、ふと声が途切れた。

彼もまた、自分を役立たずだと思っているのではないだろうか。儀式を終えて一年ほど経《た》った頃だろうか。村の人達の、絢都に対する態度が変わってきた頃だ。そのことを気に病んで、彼らに問いただしてみたことがある。

村はよくならないかもしれない。俺はきっと不完全な『月印の者』だったんだ。ごめん。夜者をやめていいよ。そんなことを言ったと思う。

だがその時、絢都は彼らにひどく怒られたのだった。二度とそんなことを言うな、と。

『俺達のことを何もわかっていないいんだな』

『信じられてねえのな。悲しいぜ』

そんなことを言われて、ひどく動揺したのを覚えている。

それで一度は持ち直した。もしも自分が出来損ないでも、彼らがいてくれれば大丈夫だ、と。

だが更に時が経ち、村はゆっくりと死んでいくように見えた。それらがすべて自分のせいのように感じられてしまって、絢都の足下が再び揺らぐ。村人の目が絢都を責めていた。それはおそらく気のせいではない。こんな自分と一緒にいたら、彼らまで村での立場が危うくなるかもしれない。

そう思った時、絢都はその場から走り出していた。

佳孝の呼ぶ声が聞こえる。それを振り切るようにして、誰の目も届かないところに行きたかった。

気がつくと、絢都は村の外れに辿り着いていた。

ここは戦前に使われていた住宅跡があり、家屋の残骸《ざんがい》がかろうじて残っている。子供の頃は怖くて近づけなかった場所だ。絢都の祖父も、子供の時はこのあたりに住んでいたという。

絢都は廃墟《はいきょ》跡の間をゆっくりと歩いていった。この村に生まれて二十年近く経つが、ここを歩いたのは初めてだった。

(ここ、こんなふうになってたんだ)

昔の村の面影を残す場所を見回していると、ある廃墟跡の裏に、いくつかの石柱が立っているのに気づく。思わずぎくりとした。墓のようにも見えたからだ。だが、絢都はそこに強く引かれるものを感じた。

恐る恐る近づいていってみると、やはりそこは墓のようにも見える。石柱は五本ほど立っていて、どれも古さが違うように見えた。一番古いものはもう苔《こけ》むしていて石柱が折れ、三分の二ほどの大きさになっている。

（誰のお墓なんだろう）

この村の墓はすべて一カ所に集中している。こんなふうに取り残されるように放置されて、少し可哀想に思えた。絢都は一番新しい石柱に刻まれた字を判別しようとする。誰かの名前と、その下に何かが記されていた。

「廃…月……、……首…？」

その単語を口にした時、何か言い様のない、背筋に冷たい水を浴びせられたような感覚がした。見てはいけないものを見てしまったような。

（これは……？）

理解できない、けれど理解したくない感情。目の前の五つの石柱が、無言で絢都の前に並んでいる。そのことが何故かひどく薄ら寒く思えた。

「――――絢都!!」

ふいに後ろからかけられた声に、びくりと肩を震わせる。反射的に振り向くと、そこには佳孝と、諒賀の姿もあった。

「どうしたんだ、絢都」

「……」

「佳孝がお前が何か変だって言うからよ」

「…っごめん」

自分から逃げたくせに、今は彼らがここに来てくれてほっとしている自分がいた。

「……ん？　何だこれ」

諒賀が石柱に気づき、怪訝《けげん》な顔をする。

「墓か？　集落を放棄する時、墓も一緒に移したって聞いたが――」

佳孝が石柱を覗《のぞ》き込む。そしてさっきの絢都と同じように、刻まれてある文字を読み取った。

諒賀も彼に倣《なら》う。

次の瞬間、彼らの動きが止まったように見えた。表情が一瞬固まる。

「――もうすぐ日が落ちる。とにかく行こうぜ」

何も見なかったように、諒賀が言った。今度は佳孝がそれに倣う。

「俺の部屋に行こうぜ。いいよな？　アヤ」

「――……」

絢都は頷くしかなかった。彼らのためにならないかもしれないと思っているのに、今こうして側にいてくれることにほっとしている。そんな自分の矛盾が死ぬほどずるいと思った。


「――それで、なんでさっき逃げたんだ？」

「逃げてない」

「逃げたろう、俺から」

「……用事を思い出して」

「用事って、さっきの集落跡に行くことか？　あそこで何してたんだ？」

苦し紛れの嘘《うそ》など通用しない。佳孝の前で、絢都はばつが悪そうに俯《うつむ》いていた。

「……ま、あんまり詰めるような聞き方するなよ」

とりなすような諒賀の声。絢都は場を持たせるように、紅茶を口に運んだ。

「こいつの考えていることなんかわかっている。その上で、俺に相談して欲しかった」

「俺達、な」

やんわりと釘《くぎ》を刺してから、諒賀は続ける。

「確かに、ここ最近の村の空気、ちょっと洒落《しゃれ》にならねえよな」

彼らもまたわかっているのだ。常師栄村が、もうのっぴきならない状態まで来ていること。そして絢都に対する村人達の態度も。

「なんとかしないとな」

考え込むような佳孝に、絢都は耐え切れずに告げた。

「俺に関わってたら、佳孝も諒賀も、村八分にされるよ」

「バーカ、もうそんなモンだって」

「お前は昔っから変人扱いされていたからな」

「あのなあ、この村だから浮いてるだけであって、都会に出りゃ別に珍しくねえからな、俺くらい」

諒賀は確かに、ネットを使った商売や、髪を染めたりする行為も、村の中では奇行としてとられていた。ただいくら白い目で見られても、本人がまるで気にしていないのだから仕方ない。

「佳孝は？　家から何か言われてるんじゃないのか？」

「うーん…、面と向かっては言われていないな。俺の親父は外に働きに出ているし……」

佳孝の父は村の外で企業に勤めているので、その分だけ村からの影響は少ない。

「ただ、どうなっているんだ？　みたいには聞かれるな」

「面と向かって言われてんじゃん」

「そうか？」

佳孝は絢都のことに関して以外は、妙に鈍感なところがある。絢都は少しおかしくなって笑いを漏らした。

「……絢都は、俺達が夜者に選ばれたから、お前の側にいると思っているだろう。それは違うからな」

「……」

「お前が川で溺《おぼ》れていたところを助けてから、俺達ずっと一緒にいたじゃん。そこ、はき違えるなよ。夜者の務めだって、お前とヤりたいからやってるんだ」

直截に言われて、絢都は気恥ずかしくて首を竦《すく》めた。

「役目もろくに果たせないのに、体質だけは『月印の者』で、ほんと、やになる……」

絢都は彼らの前で、初めて本音を吐いた。どんなに気安く振る舞っても、身体を預けても、どこかで弱音だけは吐けなかった。

「仕方ない。お前のせいじゃない」

「そうかな」

「だって別に立候補したわけじゃねえだろ?」

諒賀の言葉に思わず笑いを漏らす。

「だがな、このまま、今の状態のままでいるのは、俺もよくないと思う」

絢都は佳孝を見つめた。何か考えがあるのだろうか。

「出て行こうぜ」

「……え?」

諒賀の言葉がよく理解できず、絢都は聞き返した。

「この村を出て、東京《とうきょう》に出よう」

佳孝がきっぱりと言い直した。ということは、彼らの間でその話し合いがなされていたということなのだろう。

「え…、待てよ、そんなこと、できるわけがない」

この村で『月印の者』として生まれた絢都が、ここを出るなんてできるはずがないと思った。そんなことが許されるはずがない。

「何でそう思う?」

「何でって」

昔から決まっていることだからだ。しきたりだから。そう言おうとして、絢都は自分がそれに疑問すら抱いていないことに気づいた。

「お前はもうすぐ二十歳になるし、今の日本の法律じゃ何処に行ったっていいんだぜ。居住の自由は保障されている。なんなら親に許可も取る義務もない」

「まあ、できるなら取ったほうがいいけどな」

「無理だろ。こいつの祖父ちゃん公義《きみよし》さんだぜ」

公義は村のしきたりや風習を絶対として生きてきた人だ。両親も彼には逆らえない。そしてその両親の元で育った絢都も、同じ考えに染まっていたのだ。

ましてや『月印の者』として生まれてしまった。

「とにかく、お前がこの村に潰《つぶ》される前に、ここを出て行く」

「東京に行っても苦労はするかもしれない。けれど、ここで他人の目を気にして針のむしろに座っているよりはマシだと思う」

「――――」

想像すらしていなかったことだった。いや、夢に見たことはあった。どこか知らない場所で、彼らと生きていけたらと。

まさかそれが現実になるだなんて。

「絢都はどうだ？　俺達と一緒に行きたくないか？」

「そんなの、行きたいに決まってるよ!」

絢都は勢い込んで答える。佳孝も諒賀のことも、大好きだった。絢都にとって彼らは必要だ。もはや自分の一部となっているといってもいい。だが。

「けど、そんなこと本当に出来るのかな」

生まれついての因習としがらみは、絢都が自覚しているよりも深く強くこの土地に縛りつけているようだった。ここから離れて本当に生きていけるのかとさえ自問する。

「できるに決まってんだろ。俺達がいるんだぞ」

彼らがいれば身体の飢えも満たしてくれる。けれどそんなことよりも、子供の頃から一緒に過ごしてきた彼らとまた共に生きられるということが嬉しかった。

――――家族には何て説得しよう。

できれば絢都も、家出のように出て行くよりは、ちゃんと説得した上で送り出してもらいたかった。

(お祖父ちゃんは怒るだろうな)

けれど家族の説得ひとつも出来ないようで、別の土地に行ったとしてちゃんとやっていけるとも思えない。

説得は難しいかもしれない。けれど、せめて自分の気持ちをちゃんと伝えよう。

ここで生まれてここで死ぬしかない。そう思っていた絢都にとって、それは初めて外に出ようとする意志だった。

「こんにちは」

自分の家にそう言って入っていくのは何だか変な感じだな、と思った。

夜凪家の本家から出た両親と祖父は村の中の別の家に住んでいた。この家も、以前に村から出て行った人達のものだという。

「……絢都!?」

廊下から出てきた母は、絢都の姿を見るとぎょっとしたような顔をした。

「久しぶり、母さん」

「まあ…、どうしたの、急に」

母はどこかよそよそしかった。絢都と家族が別れて暮らすようになってから五年ほどが経つ。絢都を夜凪家に残していく時、母は泣いていたような気がする。けれども年月が経つにつれて、母は絢都を諦《あきら》めてしまったのだろう。

「ちょっと話があって」

「そう…、ちょっと待っててね」

母は居間に入るとそこにいると思われる父と祖父に伺いを立てていた。無条件で家に上げてはもらえない。絢都は家族との距離を感じた。

母はやがて居間から出てくると、絢都に上がるように促した。とりあえず入れてもらえることにほっとする。

「おお、絢都、久しぶりだな」

居間に入ると、父はビールを前にテレビを見ていた。テーブルの向かい側には祖父が座っていて、こちらに睨《にら》むような眼差《まなざ》しを投げかけていた。その視線の強さに思わずびくりとする。

「きちんと規則正しい生活をしとるか、絢都」

「はい、お祖父ちゃん」

礼儀に厳しい祖父に、絢都は畏《かしこ》まって答えた。祖父を前にするとどうしても緊張してしまう。

今日話すことを納得してもらえるだろうか。

「元気そうでよかったわ」

「ありがとう」

絢都の前にコーヒーが置かれる。それに口をつけながら、絢都はどう切り出そうか迷っていた。

「ところで、どうかしたのか。珍しいじゃないか」

「うん」

父から聞いてくれたので、絢都は慎重に話し出した。

「俺さ、今特に仕事とかしてないじゃない」

「お前にはお役目があるだろう」

「それも、特に仕事らしいことはしてないってことだよ」

村の中には絢都が就く仕事はない。祖父は規則正しい生活をと言うが、やることがない、というのも苦痛なものだ。おかげで絵の練習だけはたっぷり出来たが。

「だから、村の外で働きたいと思ってるんだけど……」

絢都がそう言うと、父と祖父が驚いたような顔をした。

「何を言っている。『月印の者』が外に働きに出るなんて聞いたことがない」

「今さ、何年だと思ってる？　もうそういう時代じゃないと思う」

古くからの風習のすべてが悪いと思わないが、『月印の者』がいるだけで村が繁栄するというのはどうなのだろう。絢都自身に『月印の者』の特徴が色濃く出ている以上、迷信だとは言わないが、村全体でも時代に合わせた努力はすべきではないだろうか。

絢都は自分の考えをなるべく言葉を選びながら話した。父は黙って聞いていたが、案の定祖父は激高してしまう。

「お前は何もわかっとらん‼」

祖父の平手が絢都の頬《ほお》を打った。両親が慌てて止めに入る。

「親父、落ち着け！」

「やめてください、お義父さん！　絢都も早く謝りなさい！」

打たれた頬がじんじんと熱い。どうして殴られたのか理解できなかった。これはそんなに怒られるようなことなのだろうか？

絢都が呆然《ぼうぜん》と祖父を見上げていると、両親に宥められている祖父は更に言い募った。

「だいたい、儀式を終えても村は一向によくならん！　お前が怠慢だからだ！」

「……っ」

おそらく村人の多くが思っていることだろう。皆直接絢都には言わないが、こんなはずではなかったと無言の圧力が絢都を責め立てる。それが祖父によって言葉にされて投げつけられた。

「儀式は失敗だった。役目を果たさない『月印の者』がどうなるか、お前はわかるか」

「……どうなるの」

絢都が問い返すと、祖父が渋面を作る。

「俺の前の『月印の者』の時って、お祖父ちゃん知ってるよね。その人のこと教えてよ」

「知らん」

祖父はにべもなく答えた。

「村長の相田さんがな、儂《わし》のところにちょくちょく相談に来る。もうそろそろ潮時ではないかと」

「お義父さん、もうやめましょう」

「そうだよ親父、いくらなんでも……」

「儂の子供の時分には、実際にあったことだ！」

祖父はそう言い捨てて、絢都を見下ろした。

「役目を果たさない『月印の者』は、その命をもって贖《あがな》い、村を繁栄させる」

「――――」

村の外れで見たあの石柱が絢都の脳裏に浮かび上がる。あの時感じた強烈な違和感。寒気。

それは決して気のせいではなかった。

あそこには、絢都と同じように、村に繁栄をもたらさなかった『月印の者』が葬られている。

「だがな。今はもうそんな時代ではないことくらいわかっとる。だから儂は、お前の首を切りたがる村長をどうにかして宥めていたんだぞ！」

村長の相田は絢都をあの場所に埋めたいのだ。それを知って愕然《がくぜん》とする。

「それなのに、お前は…！　この、恩知らず者！」

祖父は再び絢都に殴りかかろうとした。両親が必死でそれを止める。祖父の怒りと真実を知って、絢都はその場から動けずにいた。老人とは思えない力で両親を振り切った祖父が絢都の胸ぐらを摑んでも、抵抗する気力を持たなかった。

薄暗い部屋の中で絢都は膝を抱えていた。久しぶりに家族に会えたというのに、どうしてこんなことになってしまったのだろう。

絢都は両親と祖父が住んでいる家の一室で軟禁同様の扱いを受けていた。あれから母はずっと泣いている。父はむっつりと黙り込み、そんな母の肩を宥めるように時折撫でていた。

祖父は村長の家に行っている。絢都の処遇を相談するためだろう。

昔ならともかく、今の時代で私刑のように人を殺《あや》めれば必ず刑事罰に問われる。そのせいで議論も紛糾しているのだろう。祖父はなかなか帰って来なかった。逆に言えば、祖父が帰ってきたその時が絢都の運命が決まった時だと言える。

絢都がここに来た時の夜に出かけていってから丸一日経っても祖父は帰ってこなかった。

「――――」

絢都は長いため息をついた。最初の衝撃は過ぎ去り、今はある程度冷静さを取り戻している。

（どうしよう）

ここにいたら、最悪殺されてしまうかもしれない。信じられないことだが、祖父と村長達は今真剣にそれを話し合っているのだ。

逃げるべきか。

何度かそれを考えた。

だが、逃げたとてどこへ逃げたらいいのだろう。絢都一人でどうにかできるとは思えない。自分はこんなにも無力なのだ。

絢都は自分の夜者のことを思い浮かべる。

あの二人は、絢都が今ここにいることを知っているだろうか。心配させてしまうな——と思うと、胸がぎゅっと締めつけられた。

そんな時だった。

窓ガラスに、こん、と何かがぶつかる軽い音がする。絢都はそちらを見て、驚きに目を見張った。そこにいたのはまさに夜者の一人だったのだ。

「……っ佳孝」

絢都は二階の窓に飛びつき、音のしないように窓を開ける。どうしてここに、と言いかけて、家のすぐ側に立っている楡《にれ》の木の存在に気づいた。佳孝はこの木を上って二階の窓まで来たのだろう。

「しっ」

彼は人差し指を口に当てて、声を潜めて告げた。

「逃げるぞ」

「え」

「説明は後だ。そろそろお前の爺さんが村長の家から戻ってくる。お前の首を落とすことに決まったそうだ」

「――――」

絢都は絶句した。信じられない、という思いで頭がいっぱいになる。だがそんな絢都の腕を佳孝が強く摑んだ。

「しっかりしろ。今は逃げるぞ」

「ど…どこへ？」

窓からそっと屋根の上へと移動する絢都に手を貸しながら、佳孝は言った。

「東京だ」

大きな楡の木は家の裏手に生えており、居間からは見えない位置にあるのでどうにか地面の上に立つことができた。

「お前の靴」

佳孝は背中のバックパックから絢都のスニーカーを取り出す。

「とりあえず夜凪邸から貴重品とか、お前の身の周りのもの持って来た。ＰＣとかは諒賀が車に積んでる」

「……ありがとう」

いったいどういう手筈《てはず》になっているのかわからないが、彼らは最低限の準備はしているらしい。自分のＰＣが確保できたと知ってほっとした。あの中には、今まで描いた絵のデータが入っているからだ。保存しきれない分はクラウドに上げていたが。

「行くぞ」

敷地から抜け出す時、絢都はちらりと振り返る。居間には明かりがついていた。両親にはまたいつか会えるだろうか。そんな思いを振り切るように、絢都は佳孝の後をついて、夜の闇の中を走り出した。

「国道に繋がるところに諒賀が車で待機している。そこまでがんばれ」

「わかった」

「山の中を突っ切るぞ」

村の中を通ると、いつ村長や祖父と鉢合わせになるかわからない。そのため、二人は山に入ることにした。細い道を駆け上がり、木立の中に入った時、振り返って村を見下ろす。

村の中に複数の懐中電灯の明かりがあった。それはあちらこちらに動き、何かを探しているように見える。

「気づかれたかもしれん。急ぐぞ」

「うん」

まだ息が切れていたが、絢都は必死で佳孝の後についていった。村の人間に捕まれば殺される。縺《もつ》れそうになる脚を叱咤《しった》しながら、山の中を駆けた。やがて木立が切れ、舗装された道路が月明かりに照らされているのが見えた。そこに見覚えのある車が止まっている。

「早く乗れ」

運転席には諒賀が乗っていた。シートに飛び込むようにして乗るとドアが閉められ、車が発進する。山間を通る国道は、麓《ふもと》の町へと続いていた。

車がカーブを曲がると、そこから村の様子が見て取れた。入り口から走り出てくる車のライトが見える。

「諒賀、村から誰かの車が出てきた」

「大丈夫。町に入っちまえばこっちのもんだから！」

そう言いつつも、彼はスピードを上げた。

「ちょっと揺れるぜ」

右に左に揺れる車の中で、絢都はシートにしがみつくようにして時折後ろを見た。だが、迫ってくるライトは見えない。三十分ほど走ると、道幅が広がり、建物の数が多くなってきた。やがて町の明かりに包まれた場所に出ると、絢都はようやくほっと息をつき、シートに身を預けた。

「このまま東京まで行くぜ」

「わかった。……そう言えば、なんで…？」

どうして自分が殺されそうになることがわかったのかと、絢都は二人に尋ねる。

「お前の爺さんがえらく怖い顔をして村長の家に入っていくのが見えたんだよ」

諒賀はいつも通り、町からの帰り道に村長の家の側を通った時にその光景を見たのだという。

「なんか変だなと思って盗み聞きしたら、お前のこと殺すだの何だのえらく物騒なこと話してるから、こりゃやべえと思ってこいつんとこ行ったわけ」

諒賀はナビシートに座る佳孝を親指で指した。

「お前の様子を見に行ったらいなかったから、その場で諒賀に電話して、これはもう逃げるしかないと決断したんだ。それで、その場でお前の荷物をまとめた。もしかしたら足りないものがあるかもしれん。許せ」

佳孝は絢都の家族が住む家に行き、二階の部屋に明かりがついていたので絢都がいるだろうと思ったのだという。

「ううん。大丈夫だよ。ありがとう」

絢都は首を振る。彼らがそこまで自分のために動いてくれたのが申し訳なくもあり、また嬉しかった。だが、あまりにも手際が良すぎではないだろうか。

「まあ、いつでも逃げ出せるよう、少しずつ準備しておいたからなあ」

町の明かりが再び遠ざかる。インターチェンジへと続く道を走っていた。ここから東京まで、約三時間といったところか。

「……そうなの？」

「いつでもお前を攫《さら》って逃げ出せるよう考えて、シミュレーションもしていた」

だから逃走経路もあんなにスムーズに決められていたのか、と絢都は感心した。

「けど、俺にも相談しといて欲しかった」

助けてもらって我儘《わがまま》だとは思うが、絢都は少しだけ不満に思った。他でもない自分自身のことである。そんな計画があることを、一言くらい教えてくれてもいいのではないだろうか。

「悪い。けどこれを強行する時は、お前の身に何かあった時だからな。できたらそんな の起こらないほうがいいだろ。起こっちまったけど」

「……そうだな」

まさか、村長をはじめとする村の人達も、そして祖父も、そこまでするとは思わなかった。彼らもそう思って、その上でなお準備をしていたのだ。

「村の外れにあった墓みたいなやつ、あれはやっぱり殺された『月印の者』の塚らしい。首塚だってよ」

「首塚…？」

「首を斬られて、あそこに埋められるんだと」

諒賀はわざと抑揚を除いた声で告げる。絢都はゆっくりと息を呑んだ。あの時、石柱に刻まれた文字。廃。月。首。

あれは廃された月印の者の首塚なのだ。

「――――」

身体が足下からすうっと冷たくなるような感じに襲われる。瞼《まぶた》が重い。けれど、目を閉じるのが怖かった。

「絢都」

ナビシートから佳孝が振り返って呼びかける。

「大丈夫か」

「……大丈夫だよ」

今、ここに生きているのが不思議なくらいだった。けれど、自分だけ逃げ出してしまったという思いはやっぱり消えなかった。彼らの前で言ったらきっと怒られてしまうから口には出さないけれども。

「東京に行ったら、何しようかな」

絢都はあえて明るい口調で逆のことを口にしてみる。自由になりたいと願ったはずなのに、いざ飛び出してみると不安だった。けれど希望もまたそこにあるのだ。

何より、絢都は一人ではない。誰よりも大事な彼らがいる。だからきっと、大丈夫なはずだった。

「何でもできるさ。少なくともあの村にいるよりはな」

佳孝の言葉に、絢都はうん、とできるだけ力強く答えるのだった。

カフェの店内には心地よい音量の音楽が流れている。絢都《あやと》はスマホで時間を確認する。もうすぐ五時。今日は都心まで仕事の用事で出ていたので、少し休憩しようと思って一時間ばかりここで過ごした。新宿《しんじゅく》のほうまで出たが、相変わらず建物も人も雑多でにぎやかで、まるでおもちゃ箱をひっくり返したようだと毎回思う。駅は迷路そのもので、初めて行った時は地上に出るだけで迷っていたが、今はどうにか行けるようになった。

飲み終わったコーヒーのカップをダストボックスに捨てて外に出る。もうすぐ春になろうという三月、時々肌寒い時はあるけれども、風がずいぶんと優しくなった。

駅前からすぐに商店街が連なっている。古い店と新しい店が建ち並ぶそこは妙に居心地がよかった。途中でスーパーに寄り、牛乳と野菜をいくつか買った。商店街を抜けて五分ほど歩くと住宅街になる。その中の一軒家が、自分達の住まいだった。

あの時かかっていた追っ手は完全に撒《ま》いたようで、あれからは穏やかな生活を過ごせている。鍵を開けて自分達の家の中に入る。築年数はそれなりに経《た》ってはいるが、きちんと修繕がなされており、広いのが気にいっている。庭に車も置ける。

郊外ではあるが東京《とうきょう》に出てきて約三年。ここは自分達三人が借りた住まいだった。

「おかえり、絢都」

「ただいま」

佳孝《よしたか》が二階から降りてくる。

「今日はもう仕事終わり？」

「ああ。二百万のノルマが達成したからもう終いだ」

佳孝の仕事はトレーダーで、鍛えられた身体にもかかわらず、日中はパソコンの画面をずっと睨《にら》んでいる。それでも一日に二百万増益したらそれ以上は追わないことにしているらしく、手堅く資産を増やしているそうだ。

「お前は？　今日は打ち合わせだったのか？」

「うん、今度本を出してもらえることになって」

絢都は趣味で描いていたイラストが仕事に繋《つな》がった。投稿サイトとSNSで描いていたところ出版社からのオファーがあり、データで納品していたものが、今度まとめられて本になる。時々書籍のイラスト等も頼まれたりするので、家でパソコンに向かっているのは絢都も同じようなものだ。

「すごいじゃないか。がんばれよ」

「ありがとう。でも作業はほとんど終わってるんだ」

今日寄ったのは最終確認のためだった。何もなければ来月に刊行される。

「まさか仕事にできるとは思わなかった。佳孝達のおかげだよ」

「何言ってんだ？　お前に才能があったからだろ」

佳孝は冷蔵庫を開けるとトマトジュースの缶を開けて一気飲みした。すると外から車のエンジン音が聞こえてくる。

「諒賀《りょうが》が帰ってきた」

ややあって玄関が開けられると、足音を立てて諒賀が入ってきた。

「う――す、帰ったぜー！」

「お前、もう少し静かに入ってこいよ」

「何で？」

諒賀の髪は今、アッシュグレイに染められていた。耳のピアスも増えている。おまけに左腕にはタトゥーが入っていた。村にいた時もかなり目立った格好をしていたが、東京に来て何も気にすることがなくなり、こうなったらしい。似合っているので絢都はいいのではないかと思っている。彼は今本格的に自分のアパレルブランドを立ち上げて活動していた。以前からの地道な活動が実ったらしい。外見は派手だが、こつこつとした努力派なのだ。

「今日のメシ当番誰だ？」

「俺。今から作る」

絢都は買ってきた食材をテーブルに置いた。

「今日は何するんだ？」

「オムライスと、白菜のスープかな。クリーム煮にしたらくどい？」

「全然そんなことないけどな」

炊事は彼らのほうがうまい。けれどそれに甘えてはいけないと思う。彼らにはただでさえ手間をかけさせているのだから。それに、三年もやっていればだいぶ手慣れてくる。

チキンライスを作っていると、諒賀が指輪を外し、卵を割ってくれた。

「ありがとう。俺の当番なのに」

「別にこれくらいいいって」

そう言って手早く卵をかき混ぜてくれる。

東京の生活は最初こそ戸惑ったり衝撃を受けたりしたものの、割とすぐに慣れた。今では電車の乗り換えもアプリがあればまったく問題なく何処にでも乗り継いで行ける。それに、都会の人間の、いい意味での他人に対しての無関心さが、絢都にとってはひどく心地よいものだった。雑踏の中にいても、誰も絢都を気にしない。四六時中見られているようなあの村と比べると、ここは別世界だった。

三人でこうして食事を作って食べることもあれば、外食することもある。それだって自由に決めていい。

食後の皿洗いは佳孝が手伝ってくれた。水を使っていると、絢都は自分の体温が高くなっていることに気づく。吐く息もこころなしか熱い。

あの村から遠く離れても、『月印の者《げついんのもの》』として生まれた絢都の体質はそのままだった。

——少しは期待したんだけどな。

因習が色濃く残っているあの土地から離れれば、自分のこの体質もなくなるのではないだろうか。けれどそれは甘い考えだった。痣《あざ》は相変わらず絢都の肉茎にくっきりと残っている。性欲の強さは、変わることなく絢都を悩ませた。

「それ、終わったらベッド行くか？」

「……うん」

佳孝の優しい声が低く誘ってくる。心臓がもうどきどきと鳴っていた。肉体と心がもう期待している。

「後は俺らがやっとくから、お前は先にシャワー浴びてきな」

諒賀が洗っている途中の皿を取り上げて、絢都に言った。

二階には三人で使っている寝室がある。広いキングサイズのベッドだ。これだとどんな体位をしても落ちることがないと諒賀が喜んだのを覚えている。

シャワーを浴び、寝室に入ると、先に彼らが待ち構えていた。腕を引かれ、ベッドの中央まで運ばれる。

「ああ…っ」

待ちきれないのは絢都のほうだった。諒賀に口を塞《ふさ》がれて、我慢できずに舌を差し出す。

「んうう……っ」

それを捉えられ、強く弱くしゃぶられて、背中がぞくぞくとわななないた。佳孝に後ろから抱きしめられ、首筋に顔を埋められる。舌先でぞろりと舐《な》め上げられてまた快感に震えた。

「ん、あぁ、んん…っ」

媚《こ》びたような声が鼻から漏れる。佳孝の手が背後から身体をまさぐり、バスローブの隙間《すきま》から手が入れられた。胸元を這《は》う指先に乳首を探り当てられる。

「んあっ…！」

上体がびくん！　と仰《の》け反《ぞ》った。口が離れてしまったので、諒賀は絢都の喉元《のどもと》にちろちろと舌先を這わせながら頭を下げていく。

「あ、あ、あ…っ！」

佳孝の指先で感じやすい胸の突起をかりかりと刺激された。そうされると、たまらない快感が小さな突起から身体中へと広がっていく。

「絢都は乳首こりこりされるの好きだよな」

「んっ、あっ、あっ……！」

恥ずかしさのあまり目尻に涙が浮かんだ。それと同時に興奮も高まっていく。佳孝の言う通りだった。元から敏感だった絢都のそこは、何年も彼らに愛《め》でられ、虐《いじ》められて、ほんの少し触られただけでも我慢できない性感帯になっている。そして絢都はその突起を意地悪く転がされたり、弾《はじ》かれたりするのが好きなのだ。

「じゃあ正直に言わねえとな。そしたらもっと気持ちいいことしてやるから」

諒賀の指先は腹部をまさぐり、脇腹を焦《じ》らすように撫《な》で回している。

「や、ア、そこ、くすぐった……っ」

「嘘《うそ》つけ。それだけじゃねえだろ」

彼らはわざと絢都を煽《あお》るような言い方をする。その方が絢都が感じると知っているからだ。絢都は唇を舌先で湿らせ、彼らと自分が望む言葉を発した。

「はあ、あっ、ち、くび、気持ちいぃ…っ」

絢都の乳首は刺激によって尖《とが》り、膨らんでいる。そこをぴんぴんと弾かれる毎に、身体の中心にずくずくと快感が募っていった。

「う、ううっ、そ、それ、すき…っ」

「いっぱいこちょこちょして欲しいか?」

「あんっ、あんんっ……」

耳元で卑猥《ひわい》に囁《ささや》かれ、絢都はそれだけで仰け反って喘《あえ》ぐ。興奮が膨れ上がって弾けそうだった。淫蕩と被虐。それが絢都が生まれ持った性質だから。

「や、ぁ…ア、して、欲し…っ、いっぱい、虐め、て…っ」

「了解」

「んあっ!　あぁあっ!」

ふいに乳首を強く摘まれ、身体に快楽の電流が走る。絢都はびくびくと全身を震わせながら、絶頂寸前のところまで追い上げられた。

「あ…っ、ああ——…」

だが佳孝は摘まんだ指を離すと、突起を宥《なだ》めるように優しく撫で回す。

「う、ふ…、あぁあ……っ」

身体中がぞくぞく震えた。諒賀は絢都の臍《へそ》を舌先で舐め上げ、その周りにちろちろと舌を這わせる。絢都の股間《こかん》のものはとっくに隆起し、先端を蜜《みつ》で濡《ぬ》らしていた。乳首を弄《いじ》られているると脚の間にまで快感が響いてくる。早く直接的な刺激が欲しくて、絢都の腰は誘うように淫《みだ》らに揺れていた。

「やらしいぞ」

諒賀が咎《とが》めるように絢都の太股をぴしゃりと叩《たた》いてきた。だがその声には笑いが含まれている。

「あっ、あっ、だって……っ、こんなの……っ」

我慢できない。もっと気持ちいいのが欲しい。絢都が身を捩《よじ》ると、諒賀が膝《ひざ》に手をかけてきて、両脚を更に大きく開いた。

「あ、ぅあっ……」

恥ずかしい場所が更に露《あら》わになり、絢都は羞恥《しゅうち》に泣く。諒賀はそんな絢都のものを根元から一度だけ撫で上げた。

「ふああっ」

直接的な刺激が身体を駆け上がる。けれど諒賀の手は離れてしまい、脚の付け根や内股を優しく撫でていった。

「ん、あ、あ」

もどかしさの混ざる快感が絢都の理性を崩していく。背後から抱いてくる佳孝によって乳首はずっと愛撫《あいぶ》され、絶え間ない快感を注がれていた。なのに肉茎にはなかなかくれない。

「お前が欲しがる姿って、まじで可愛《かわい》いんだもんなあ。先っぽからだらだら垂らしているのもエロいし」

諒賀はそんなことを言って、絢都の足の指の間を柔らかくくすぐった。

「あぁぁあ…っ」

絢都は仰け反りながら、お願い、と哀願していた。ここもして。何でもするから、と。

「そんなにお願いされちゃあきかないわけにはいかねえな」

諒賀はベッドサイドのチェストの引き出しから何かを取り出した。筆だ。これまでにも何度か使われたことのある、絢都をよがらせるための筆。

「これでお前の一番弱いところを虐めてやるよ」

「あぁぁ…っ」

それがどこなのか絢都にはわかっていた。肉茎の裏側にある、三日月形の痣。

「あっ…、はっ…、はぁあう」

筆はいきなりその場所には来なかった。バサバサした毛の感触が脚の付け根を撫で上げる。

びくん、びくんと身体がわなないた。

「ほら、行くぞ」

「んあっ、ああぁあんんっ」

筆の先が裏筋をなぞり上げた時、頭が真っ白になるほどの快感が襲ってきた。筆の毛先が三日月形の痣を何度か撫で上げ、そのまま先端へと撫で上げる。

「ア、あ――…っ」

投げ出された足の爪先《つまさき》が快感のあまりぎゅうっと丸められたり、開ききってわなわなと震えたりした。そこは少しでも刺激されるともう駄目で、わけがわからなくなってしまう。

「あっだめっ…！　そこ、は、いくうぅぅ…っ！」

「駄目じゃないだろう。何て言うんだ？」

背後から耳に注がれる佳孝の声。絢都は嘆くように眉を寄せた。

「……気持ち、いい……っ」

「ここ好き？」

「あっ好きっ、すき、ぃ……っ」

もっとして欲しいと、絢都の腰がねだるように浮き、突き出される。

「なら、たっぷりしてやらねえと」

諒賀の手によって、肉茎の裏筋の痣は淫らな筆によって何度も撫で回され、くすぐられた。

絢都は快感に耐えきれず啼泣《ていきゅう》し、下肢を痙攣《けいれん》させながら絶頂に達する。

「あっあっ、あぁぁ…っ！」

びゅくびゅくと噴き上がる白蜜で筆が濡れる。けれど諒賀は構わずに絢都の肉茎を筆で嬲《なぶ》り続けた。

「ひ、ア、あっ、いっ、イってるっ、からっ、んんあぁ……っ」

「もっとして欲しいだろ」

諒賀が操る筆先は、今や裏筋だけに留まらず、先端や双丘の奥の窄《すぼ》まりにまで伸びていた。

筆が優しく残酷に動く度に、甘い毒にも似た快感が全身に広がっていく。絢都の先端の蜜口はパクパクと苦しそうに開いたり閉じたりしていた。

「あああっ、あああっ」

「おーおー、可愛いねえ、こんなにしちまって」

容赦のない愛戯に絢都は何度も達した。もう許して、と哀願しても、彼らは自分達が満足するまでは決して許してはくれないのだった。

「あっ、あっ、そこ、だめ、くううんっ……！」

内奥で男の指が二本、にちゃにちゃと音を立てて動いている。両脚を大きく開かされ、後ろをかき回される刺激に腹の奥がずくずくと疼《うず》いた。

「ぐちょぐちょだな…、ほら、ここが感じるだろう」

佳孝の指で肉洞にある泣き所を指の腹でぐりぐりと押し潰《つぶ》すようにされて、絢都は背中を仰け反らせてひいいっ、と咽《しの》び泣く。

「今から俺のものでここをごりごり抉《えぐ》ってやるからな」

「あっ、あっ、そんな、こと、されたらっ……」

その時の快感を思い出し、身体が震えるのは期待しているからだ。

両腕は手首で一纏《まと》めに縛られ、頭の上で固定されている。そしてさっきまで佳孝の指で可愛がられていた胸の突起は、今度は諒賀によって愛撫されていた。舌先で転がされ、しゃぶられて、ずっと刺激されている。

「その前にここをしゃぶってやろう」

濡れてそそり勃《た》つ肉茎を、ぬるりとした粘膜に包み込まれる。佳孝の肉厚の舌が、ねっとりと絡みついてきた。

「んああ――…っ」

下半身が熔けていくような感覚に襲われる。刺激に弱いそれを丹念に舐められ、しゃぶられて、絢都の理性はぐずぐずに蕩《とろ》けていった。身体中の感じるところを愛撫されているような状態では、もう少しも我慢できない。

「き、気持ちいぃ……あぁぁ……っ」

裏筋の痣を舌先で辿《たど》られると、腰ががくがくと揺れた。

「あっ出るっまた、いくうう…っ」

佳孝の口の中で白蜜が弾ける。そしてようやっと彼は股間から顔を上げ、自分のいきり立ったものを双丘の窄まりに押しつけるのだ。

「挿《い》れるぞ」

「…っあ、ああぁあっ」

すでに後ろでも何度か達しているので、彼の長大なものもすんなりと呑み込むことができる。だが淫靡《いんび》な肉は男根に絡みつき、奥へ奥へと誘い込んでいくのだ。

「あ、あう…、ああぁあ……っ、す、ごい…っ」

絢都の端整な顔が喜悦《きえつ》に歪《ゆが》む。佳孝は絢都の腰をしっかりと抱え上げると、そのまま根元近くまでずぶずぶと押し込んだ。それから腰を大きく引き、また奥まで沈める。

「んああ——…っ」

抽送の快感に絢都は喉を反らして喘いだ。上半身は諒賀によって責められ、痛いほどに尖った乳首は舌先で転がされている。鋭敏な腋窩《えきか》の肌にも指が這わせられ、異様な快感に背筋がぶるぶると震えてしまう。どこもかしこも気持ちがよくてたまらなかった。

「あ、いぃ…っ、いい、ああぁあ……っ」

口に出すのも憚《はばか》られるような卑猥な言葉を口走る。こんな淫乱な自分の相手をしてくれるのは彼らしかいないと絢都は思った。彼らは絢都よりも、絢都の肉体を知り尽くしている。

「さっきの場所、ここだな」

佳孝の張り出した部分が、絢都の弱い場所をごり、と抉った。

「〜〜〜っ」

声にならない声を上げて絢都の全身が痙攣する。極めたのだ。だがそそり立つ肉茎からは愛液が迸《ほとばし》らない。腹の奥がきゅうきゅうと収縮した。

「女のイき方か？　終わらないと言うな」

佳孝が腰を使う毎にじゅぷじゅぷと卑猥な音が響く。繋ぎ目が摩擦によって白く粟立《あわだ》っていた。

「あ、あ——〜っ、ああぁぁあ…っ」

絢都の中は、佳孝と諒賀の形をすっかり覚えていた。太いものが奥まで突き入れられ、最奥の壁をノックされる。そうされると、腹の奥まで快感がずうん、と重く響くのだ。

「ああっひっ、それっ、やっ、んぁぁ…っ」

びくん、びくんと身体が跳ねた。快楽が脳まで侵してくる。そして絢都が達する度に強く締め上げられた佳孝は、次第に律動を大胆に、速度を上げてきた。強烈に擦《こす》られ、目も眩《くら》むほどの法悦が襲ってくる。

「絢都、出すぞ…っ」

「ふあ、ああっ、だし、て、おくっ、いっぱいぃ……っ」

腰を突き上げてねだると、短く呻《うめ》く声と共に熱い迸りが内奥へ叩きつけられた。その感触に息を呑み、身体が灼《や》けつくような波に呑み込まれる。

「うう、あっ！　あっあ、んんあぁああ」

深い快楽に全身がのたうった。絢都の極みに合わせて諒賀が軽く乳首を噛んでくるので、電流のような刺激にも耐えなければならなかった。

「うう、あ…っ、は……っ」

激しすぎる余韻に目尻から涙が溢《あふ》れる。絢都はいつも快楽に耐えきれず泣いていた。絢都の二人の夜者《やしゃ》は、その涙をいつも舌先で拭《ぬぐ》い取ってくれるのだ。

体内から太いものがずるっ、と抜かれる。佳孝が出してくれたものが溢れそうで、絢都は必死で後ろを締めた。

「んぁ、で、出る、から…っ、はやく…っ」

早くここに栓《せん》をして欲しい、と絢都が訴える。

「出したくねえのか。可愛いなー」

大きな手で頭を撫でられた。その手が無条件に嬉《うれ》しくて、頬《ほお》を擦り寄せる。とろとろに蕩けた窄まりに男根の先端を押し当てられ、入り口がひくひくと蠢《うごめ》いた。

「ん、うあ、あああ…っ」

肉環を広げられて諒賀のものが這入《はい》ってくる。ぞくぞくと震えが止まらない。

二人の夜者の男根は標準以上に大きくて猛々《たけだけ》しい。それを立て続けに受け入れ、堪能する。

「あ、あぁぁあっ!」

遠慮はいらないだろうとばかりに、諒賀は最初から弱い場所を責めてきた。潤っている肉洞は、彼が動く度にぬちゃぬちゃと卑猥な音を立てる。

「あ、ひ…、はあ、ああ……っ」

絢都は恍惚《こうこつ》に浸りきった表情を浮かべ、何度も下腹を痙攣させた。ずっと絶頂のような感覚を得ている。それだけでも耐えられないのに、尖りきった乳首を佳孝がそっと指で転がしてくるのだ。

「くあ、あぁあ…っ、ち、乳首、ああ…っ」

「こっちも気持ちいいんだろう？」

くりくりと弄られて、そこから甘い痺《しび》れが広がっていく。

「んあっ、んう――…っ、き、きもち、いぃ…っ」

「ここも、腋の下も、脇腹も全部可愛がってやるからな」

そんなことされたら、おかしくなってしまう。

けれど絢都の内壁はひくひくと蠢いて諒賀を締めつけた。悦《よろこ》んでいることがわかってしまう。

「ああっ！　んんんっ、あ――～っ」

念入りに肉洞を穿《うが》たれ、全身を愛撫されて、絢都は背中を浮かせて咽び泣いた。指先や足の爪先まで快感でびりびりする。自身の腹につきそうなほどに勃起《ぼっき》している肉茎の先端からは、愛液が滴っていた。

「なあおい、ここも可愛がってやれよ。なんか苦しそうだ」

諒賀がそんな絢都の股間を見て、佳孝に促す。

「こうか？」

「ふああっ…、ああ――っ」

脚の間でそそり立っていたそれを根元から優しく扱かれて、絢都は快楽の悲鳴を上げる。頭の中がジンジンしていた。

「んんぁあ…っ、だ、め…っ、からだ、爆発、しそう……っ」

あまりにも快楽が大きくて、体内で膨れ上がったそれが弾けそうになる。そうしたら、この身体もバラバラになってしまうかもしれない。

「そしたら、俺達が全部拾い集めてやるよ。そんで、また元のお前に戻して何度でも犯してやるから」

「そうだな。また嫌ってほどイかせてやる」

「ああっ、ああっ」

そんなふうに言われるのが嬉しくて、けれど今の絢都は喘ぎしか返せなくて、しきりに腰を揺らした。

「そら、搾ってやるから、出してしまえ」

乳でも搾るような指の動きに耐えられず、絢都はたっぷりと白蜜を噴き上げた。

「んん、あんんんん――…っ！」

後ろと前を同時に責められてどうしていいかわからず、絢都の肉体は彼らのされるがままに快感を得、極めていった。拘束されて身体を好きにされるという状況が被虐心を揺さぶり、よけいに感じやすくなる。夜者である彼らが何年も前から絢都の快楽に奉仕し、その淫らな身体を慰めていった結果だった。

「ああっあっ、気持ち、い…っ、い、イく、また、イくぅぅ……っ！」

背中を反り返らせ、内奥の諒賀をきつく締め上げて絶頂する。さすがの諒賀も道連れにするような媚肉《びにく》の蠕動《ぜんどう》だった。

「あ、やべ…っ、出すぞっ」

まだ達しながら、絢都は何度も頷《うなず》く。もっといっぱい、この中に出して欲しい。彼らの放ったもので溺《おぼ》れるほど。

「んあっ、あっ！　――――～～～っ！　～っ」

とびきり淫らな響きが反った喉から漏れる。内奥に叩きつけられた熱い迸りを全身で味わいながらも、絢都はまだひくひくと身体を痙攣させていた。

満足して眠ったはずなのに、泥のように意識が濁り、重かった。

（ああ、またあの夢だ）

村を脱出してから時々見る。もう二度と戻りたくないはずなのに、絢都の意識はまたあの村に戻っていた。

村はすでに廃墟となっている。記憶のなかにある夜凪《よなぎ》邸も、村長の家も、そして両親と祖父の住んでいた家さえも朽ちて誰もいなかった。

絢都はその中を一人歩いている。辺りはしんと静まり返って、誰もいなかった。

（父さん母さんは？　お祖父ちゃんは？）

家族の姿を探したが、もちろんどこにもいなかった。

この村は滅びたのだ。

絢都が逃げ出したから。

絢都が、『月印の者』としての責務を果たさなかったから。

――だって、俺にはどうしようも出来なかった。

進みたくない。この先に行きたくないのに、足が勝手に前に出る。その先に何があるのか、絢都にはもうわかっていた。それなのに、夢は絢都の意志を無視して勝手に進んでいく。

村の外れまで来ると、そこは更に荒れていた。廃屋の影にひっそりと立つ、苔《こけ》むして罅《ひび》割《わ》れた墓標。それは、絢都と同じように、村にとって役に立たなかった『月印の者』が眠る場所だった。

『……お前のせいだ』

どこかから声が聞こえる。絢都はびくりと肩を震わせ、慌てて振り向いた。

絢都の後ろに五つの影が立っている。それは目の前の墓標と同じ数だった。

『お前が逃げ出したから、村は滅びた』

『お前が役目を果たさなかったからだ』

影は絢都を責める言葉を吐き出した。まるで呪《のろ》いのように。

「……違う」

考えればわかることだ。村の過疎化はもう免れず、遅かれ早かれこうなる運命だった。それは絢都のせいではない。この現代においては何ら珍しいことではないのだ。

だが、影達は絢都のせいだと繰り返すだけだった。

『責任を果たせ』

『首を』

『首を埋めろ』

『首を斬って、そこに』

影から手が伸びてくる。絢都は身を翻し、走って逃げようとするが、まるで泥に足をとられたように速く走れない。

（俺が悪いのか）

一人だけ逃げたから。

自分だけ自由になろうとしたから。

――それが自分の罪だと。

背後から追ってくる気配が近づいてくる。絢都を捕まえようとする手が伸びてきた。そして
その手が、絢都の首や肩や腕を摑《つか》む。

「――っ！」

絢都はベッドの上に飛び起きた。心臓が嫌な感じに跳ねている。あたりを見回し、ここが現
実の自分の部屋だとわかると、さっきまでのは夢だったのだと認識した。

「はあ……」

絢都は大きくため息をつく。裸の肌に、乾いたシーツの感触が触れている。昨夜は朝方近く
まで彼らと絡み合っていたのだ。節々に鈍い違和感が残るが、身体はすっきりしていた。

だが、目覚めの気分は最悪だった。

（何回この夢を見ただろう）

夢の内容はほぼ同じだった。絢都が一人で廃墟と化したあの村を歩き、殺された『月印の
者』の墓の前に行く。すると影が現れ、絢都を捕まえようとする。身体を摑まれたところで夢

はいつも覚めた。

同じ夢を繰り返し見るのは、何か意味があると聞いたことがある。それは絢都の罪悪感か、それとも過去の『月印の者』の亡霊か。

彼らは責めているのだろうか。自分だけ逃げ出した絢都のことを。

――ごめんなさい。

村を出てから、何度謝ったことだろう。自分は裏切り者なのだ。村にとってだけではなく、月印の痣を持って生まれてきた者にとっても。そんなことを考える度に、胸が押し潰されそうになる。息ができない。

「――どうした？」

ドアが開いて、佳孝が顔を出す。

「魘《うな》されていたぞ」

「なんでもない。いつもの夢だよ」

絢都はなるべく平静を装って答えた。彼らによけいな心配はさせたくない。

「本当に平気か」

佳孝は絢都の隣に座り、頭を撫でてくれた。温かい熱が裸の肩に伝わる。

「うん。平気」

「……そうか」

こつんと額同士を当て、それから佳孝は離れていった。

「諒賀が昼飯作ってるから、シャワー浴びてこい」

「わかった。ありがとう」

絢都がそう言うと、佳孝は小さく笑って出て行った。

「――ふう」

いつまでも思い悩んでいても仕方ない。夢は夢だ。現実じゃない。そう気持ちを切り替えて、ベッドから降りて床に立った。一瞬だけ足下がふらりとする。これは昨夜はめを外しすぎたせいだ。

椅子《いす》の背にかかっていたバスローブを羽織り、同じ二階にある浴室へ入る。ボディソープの柑橘《かんきつ》系の香りが鼻をくすぐった。


一階に降りると、トマトソースのパスタが出てきた。

「うまそう。いただきます」

身も蓋《ふた》もない言い方だが、身体を酷使して体力を使ったので、純粋に空腹だった。佳孝も諒賀も料理が上手いが、どちらかと言えば佳孝は和食、諒賀は洋食が多いような気がする。

「また悪い夢見たのか？」

絢都の目の前にコンソメスープとオレンジジュースを置きながら諒賀が問いただす。きっと佳孝が言ったのだろう。

「いつものことだよ」

夢の内容については、一度だけ彼らに話したことがある。聞き流してくれていいのに、こうして気にしてくれる。それは有り難いことだった。放って置いてくれていいのに。

諒賀はそれ以上は何も聞かなかった。自分と佳孝のパスタを皿に盛ると、スープと飲み物を置いて自分達も食べ始める。

「お前、仕事は？　今忙しい？」

「そうでもないけど……」

大きな仕事が終わったばかりなので、少し余裕があった。

「じゃ、三人でどっか行かねえ？」

「え…、諒賀の仕事は？」

「俺はどうとでもなるし」

俺も同じく、と佳孝が言った。

「今日、どこか行こう」

彼らは絢都を気遣ってくれているのだ。それがわからないほど子供ではない。そんな彼らの思いが胸に熱く、申し訳ないほどだった。

「うん、いいよ」

「じゃ決まり。どこ行く？」

「海かな」

「俺もそこ行きたい」

「じゃ海な。食ったら一時間後に集合」

それからどうでもいいような会話をして、くだらない冗談も言って、食事をした後は皿を洗って着替えた。ジーンズにTシャツにパーカーを着て下に降りると、彼らはすでに待っていた。

「おまたせ」

「どっちの車で行く？」

「じゃあ、俺が運転する」

「わかった。ヨロ」

佳孝が自分のキーを持った。今日は彼の車で行くらしい。

（そう言えば、出かける時は圧倒的に海だな）

みんな、山とか田舎には辟易《へきえき》しているのだ。村にいた時は実物の海なんか見たことがなかったから、こっちに来て初めて行った時は感動したのをよく覚えている。

佳孝が運転席で、諒賀がナビシート。そして絢都は後部座席に乗り込んだ。首都高に乗って江《え》の島《しま》を目指す。

絢都は窓の外を景色が流れていくのを見守っていた。夢の余韻はもう薄れている。視界に入るのは四角かったり、少し違う形だったりするビルや、家屋の数々。洒落《しゃれ》た店の看板。それらを見ているのは楽しかった。あの村にはないものばかりだったからだ。

途中でカフェで休憩して、やがて長い長い橋が見える。あの向こうが江の島だった。遮るものがない水平線はどこまでも遠くて、自分もそこへ行けそうな気がする。世界は広いのだと当たり前なことを思った。

「な、いつかさ、海外に行ってみねえ?」

手摺《てす》りにもたれるようにして海を眺めていると、諒賀が言った。絢都は少し驚く。

「海外って何処だ?」

「そうだな、俺はニューヨークとか行ってみてえな」

あの狭い村から外へ出て、今もまだ外の広さを実感しているところだというのに、諒賀はもっと向こうを見ているのか。

「俺は…、ウユニ塩湖かな」

「ああ、あれ。でもいつも見れるわけじゃねえんだろ？」

「雨季と乾季があって、鏡映しのようになるのは雨季だそうだ。他にも条件があるらしいが」

絢都がスマホで検索すると、一面の青い湖が広がった景色が出てきた。濡れた地面に、空の青が映っている。不思議な光景だった。

「けど、地球の裏側まで行って見れなかったら悔しいよな」

「見れるまでねばればいいだろ」

「どんだけ悠長なんだよ」

二人の会話を聞いているだけで絢都は心が躍るのを感じる。ここはもう、あの山間の集落ではない。その気になったら行きたい場所に行けるのだ。けれど、そのすぐ後に心に影が落ちる。

自分達はあの村に全部置いてきてしまった。思い出も、それまでの人生も。

「……二人は、家族に会いたいって思わないのか」

絢都がそう言った時、彼らは虚を突かれたような顔をした。

「常師栄村《とこしえ》にはもう戻れない。それを後悔したことは？」

彼らはそれまでの生活を捨てる必要はなかったのだ。だが絢都の夜者だったために、自分と運命を共にすることになってしまった。

「あの村で俺のことをちゃんと考えてくれたのは二人だけだった。だから、俺は二人には幸せになってもらいたいんだ」

外の世界に目を向けるのは楽しい。けれど、あの村を本当に捨てる必要は彼らにはあったのだろうか。

この三年の間、何度か言おうとしていたことだった。けれど、絢都は彼らにはずっと側にいて欲しいという相反する我儘《わがまま》な思いもあったのだ。

「——え、何言ってんのお前」

「後悔なんかするわけないだろう」

この返事も、ある程度は予想していたものだった。

「つまりお前は、俺達に負い目があるってことか？」

佳孝が腕組みをしながら絢都を見る。

「負い目……なのかな」

「そうなんじゃね？　ちなみに俺は別に家に戻らなくていいや。どうせ勘当同然だったし」

「俺も、夜者となった時点で何を置いてもお前を優先させると決めたからな」

諒賀は村にいた時から派手な身なりをし、ネットビジネスなどを始めていたため、まるで理解のない両親にほとんど見放されていたらしい。諒賀が絢都の夜者でなければ始末していたとまで言われていたそうだ。

佳孝はその逆で、夜者に選ばれたことを名誉とし、この先、お前の身柄は絢都様のものだと告げられたらしい。

「でも村から出たら、もう夜者とか関係ないんじゃないのか」

自分達は常師栄村を離れてなお、古い因習に縛られている。

「それを言うなら、お前だって村から出たら『月印の者』なんて関係ないだろう」

佳孝に反論できなくて、絢都は言葉に詰まった。だが、何かが違うと思った。

「……佳孝と諒賀は俺とは違う。俺は村から出たって痣はあるし、身体だって――――」

『月印の者』の特徴である下肢の痣と身を灼くような性欲はそのまま残っている。これは村との繋がりを未《いま》だに表していることに他ならなかった。

「アヤは、俺達といるのが嫌なのか？」

「――――違う！」

諒賀の言葉に、絢都は顔を跳ね上げる。

「俺、は、子供の頃から佳孝と、諒賀だけがあの村で一番好きで……、正直、親よりも信用してた。今だって、あそこから連れ出してくれて、感謝してる」

海のほうからひゅうっ、と風が吹いてきて髪を嬲った。潮の香りのする風は、以前は知らなかったものだ。彼らと出てきて、絢都は色んなものを初めて経験し、知った。

「だから二人には幸せになって欲しいんだ」

「それがアヤの本音？　本気で思ってること？」

絢都はこくりと頷く。佳孝と諒賀が顔を見合わせた。

「――だったら、何も問題がないように思えるが？」

だが、彼らの回答は至極あっさりしていた。

「お前は俺らが好き、俺らもお前が好き。はいよかったね、って話だろ？」

「……っそんな、簡単に…っ」

村での出来事を思うと、事はそれほど単純なようには思えなかった。始末されたのだろう『月印の者』達の墓標。あの光景は今でも夢に見る。だがそんな絢都に有無を言わせぬように、佳孝と諒賀の腕が絢都の背後のフェンスを摑んだ。

「いいんだよ、それで」

いつも飄々《ひょうひょう》としている諒賀の瞳の奥に、鋭い刃のような光が宿っている。

「どのみちあの村の歴史も体質も、俺達三人ではどうしようもない。それに今、あそこにはもう誰もいない」

常師栄村は絢都達が出て行ってからまもなく廃村となり、住民の多くは麓《ふもと》の町に移り住んだと聞いた。

「けどそれはお前のせいじゃない。もちろん俺らのせいでもない。過疎化によって村がなくなるなんて珍しい話でもなんでもないしな」

「それにあの村は、そうなったほうがよかった」

「……」

そうかもしれない、と絢都は思った。

これ以上、自分のような者が生まれないために。夜凪家と常師栄村はなくなったほうがいいのだ。

おそらく自分に必要なのは、それを背負っていくことへの覚悟なのだろう。

「俺がいる限り、佳孝も諒賀も自由になれないって思ってた。だからいずれは解放してやらないとって思ったこともある。正直、今でも時々思ってる」

「……おい」

佳孝の声に怒気が孕《はら》む。その腕を諒賀が軽く叩いた。

「俺らから離れて、困らないのか」

諒賀が言っているのは、『月印の者』の体質である淫蕩の欲求のことだろう。

「別に…、するだけなら誰だってできる。マッチングアプリで探してセフレを作れば……」

本気でそんなことができるとは思わなかった。だが、彼らを自由にするためならやらなければならないだろう。本当は彼ら以外には触れられたくないのに。

「なんつーこと言うんだよ。俺らはお前をそんなふうに育てた覚えはねえぞ？」

諒賀はあからさまに軽口を叩いたが、その目は笑ってはいなかった。

「そんなことはさせない」

佳孝の声が低く響く。絢都は困ったように笑った。

「もう、そんな気はなくなったよ。大丈夫」

一緒にいていいのだ。そう言われて、本当にほっとした。離れるつもりだったのに現金だとも思う。けれど自分が思っていた以上に、絢都は彼らのことが好きだったし、必要としていたのだ。

「一人で背負おうなんて思うなよ」

けれどそんな絢都の思いを見透かしたように、佳孝が言った。

「そのために、俺ら三人でいるんだろ」

「……っ諒賀、佳孝」

絢都の胸の奥が苦しいほどに締めつけられ、鼻の奥がつんと熱くなった。視界がじわりと歪む。

「ごめん、俺、自信なくて」

出来損ないの『月印の者』だと思っていたから、彼らが夜者という枠組みを超えて自分を好いてくれるなんて思ってもみなかった。

「それだけじゃ、お前連れて逃げたりしねえよ」

優しい声に耐えきれなくて、絢都の目から大粒の涙がぽろりと零《こぼ》れる。

「お前がどうにかして責任を果たそうとする姿を、俺達はずっと見てきて、そんなお前を支えようと決めたんだ」

「……っあり、がと」

頬を拭い、鼻をすすった時、自分達の背後を他の観光客が怪訝《けげん》そうな顔をしながら通り過ぎていった。

「俺らが泣かしたみてえ」

困ったように笑う諒賀に絢都もつられて笑う。

「機嫌直して先に行こうか」

佳孝が濡れた目尻を指先で拭って、絢都も頷いてその場から移動した。頂上近くの神社にお参りする時は、せめて村に残った人達の幸福を願った。

それから食事をして水族館にまで足を止めて、そろそろ帰ろうかと車を走らせていた時だった。

「あーっとハンドルが勝手に！」

諒賀が突然そんなことを言って、道をそれてとある建物の中に入る。それが何処なのかは絢都にもさすがにわかった。それでも頬を朱に染めてシートで身を固くする。

「え、な…、ここ」

「お前、さっきみたいに気持ちが昂《たか》ぶったりすると、つられてしたくなるだろう」

佳孝の言う通りだった。まだ観光したりしている時は紛れていたが、車の中でじっと座っていると、身体の芯《しん》が熱を持っていることに気づく。さらに下からの振動が腰に伝わり、内奥がじくじくと疼き始めていた。

「よ…、よく、そんなこと」

「まあずっと昔から見てたからな」

「こういうの夜者だからっていうの？」

国道沿いによくあるラブホテルの駐車場に止まり、二人が振り返る。悪戯《いたずら》っぽい笑みを向けられ、絢都は胸の鼓動を抑えるように胸元の衣服をぎゅう、と摑んだ。

風呂で汗を流したというのに、絢都の身体にはまた新たな汗が浮かび始めていた。二人の男達の指や舌が身体のいたるところに這わせられている。

「ん、ふ、はぁっ……ぁああ」

下腹の奥が引き絞られるような快感に、絢都は仰け反って喘いだ。ベッドの上に膝立ちになった後ろから双丘を押し広げられ、佳孝の舌に後孔を舐め上げられている。ひくひくと震えるその部分を、肉厚な舌で何度も撫でられた。

「う、あ…あ、ああ…っ」

そんなことをされては、腹の奥がずくずくと疼く。それなのに佳孝は、指の一本もそこに挿れてくれない。

「アヤ、もっと舌、出して」

「うんっ…んっ」

絢都の身体の前にいる諒賀に促され、必死で突き出した舌を捕らえられて吸われた。

(あたまのなか、かき回される)

くちゅくちゅと音を立てて絡まり合う舌の感触が背筋をぞくぞくとさせる。ただでさえ諒賀の指先は、絢都の乳首を弄っているのだ。

「ふ、あ…あ、気持ち、ぃ……っ」

「まだまだ、これからもっと気持ちよくしてやるよ」

絢都の股間のものは、切なくそそり立ってわなないていた。先端はすっかり蜜に濡れて肉茎を濡らしている。そんなふうに敏感になっているものに、彼らはたびたび指を這わせ、根元からゆっくりと搾るように、あるいはくすぐるように刺激してくる。

「あ…っ、ああ——……っ」

掌《てのひら》で先端を包み込むようにして動かされると、我慢できずに腰が痙攣した。やっと強い刺激を与えられて、それに縋りつくように絶頂の階段を駆け上る。

だが彼の指はそこで肉茎を滑り、根元をやんわりと締めつけてきた。

「く、ア、んぁああ…っ」

無理やり射精をせき止められて絢都は喘ぐ。イきそうになっているのをはぐらかされるのはつらい。

「や、い、イきた…い……っ」

「まだ駄目。我慢して」

佳孝の舌が後孔をつつく。中に欲しくて、内壁がひっきりなしに収縮していた。

「な、なんで……っ」

「お前は俺達から離れてセフレを作るとかひどいことを言っていただろう。お仕置きをしなきゃならないな」

そんな、と絢都は身体をくねらせた。だが佳孝と諒賀の腕に捕まえられ、またゆるゆるとした快感が与えられる。どちらかの指先に裏筋の痣を優しく撫で上げられ、ひいっ、と声を上げて仰け反った。

「ここが一番感じるんだよな…？」

「あっ、んぁあ、あっ、あ…っ、そ、そこ、ああ…っ」

射精を許してもらえないのに、弱い場所ばかりを責められてどうかなってしまいそうだった。膝立ちになっている足ががくがくとわななく。身体を支えていられなくてシーツに倒れ込むと、手足を押さえつけられ、身体中に指と舌が這う。もちろん絢都がイきそうになる度に肉茎の根元を押さえつけられた。

「あ、ああっ、あうう…っ、ふあっ、あ――…っ」

もどかしい快感が体内を駆け巡っている。焦らされ、絶頂をはぐらかされるのはつらかった。なのに身体が蕩けるほどに気持ちがいい。

「や、だ、あっ！ ゆ、許して…っ、もう……っ」

「イきたいのか?」

尋ねられて、絢都は何度も頷いた。

「い、きたい、も、イきたい……っ」

「じゃあ、約束してもらおうか。俺達から離れないって」

「――――っ」

絢都は啜《すす》り泣きを漏らした。最初からわかっていたのだ。彼らから、佳孝と諒賀から離れることなんてできない。『月印の者』と夜者という関係だけじゃなくて、子供の頃から彼らは絢都の世界に不可欠だった。

それを忘れていたなんて、自分はなんて愚かだったのだろう。

「約束、する…っ、ずっと、いるから……っ」

「何があっても?」

何があっても、と絢都は繰り返した。彼らはそれでようやく納得してくれたようで、根元を押さえつける指からゆっくりと力が抜けていった。腰の奥からカアアッ、という熱さが込み上げてくる。

「よし、イかせてやるよ。ほら、たっぷり出せ」

諒賀の手で肉茎を根元から扱き上げられた。根元から先端までにちゅにちゅと擦られて、腰骨がびりびりと痺れる。

「あああっ！　あっ出るっ！　い、いくううう…っ！　〜〜〜っ」

はしたない声を上げ、腰を浮き上がらせながら絢都は白蜜を噴き上げた。長い間押し留められていたそれは何度も弾けて下腹や諒賀の手を濡らす。

「いい子だ。たくさん出たな」

「あっ、は……っ、ああ……っ」

佳孝が優しく乳首を撫でながら褒めてくれて、絢都は余韻と快感に震えながら喘いだ。諒賀が指を濡らす白蜜に舌を這わせながら笑う。

「しかし、これってお仕置きになったんかね。だってお前焦らされたり寸止めされたりするのも好きじゃん」

諒賀の言うことは間違いではなかった。絢都は彼らに虐められると身体が燃え立ってしまう。

くたりと力の抜けた肢体《したい》を裏返され、腰を持ち上げられた。

「次はこっちでわからせてやらねえとな」

「……ああっ」

佳孝にさんざん舐められた場所に、諒賀の男根の先端が押しつけられる。やっともらえる。

その予感に内壁がいっせいに喜んだ。

「――あっ、あああぁ――…っ」

ずぶずぶと這入ってくる剛直の快感に、全身が総毛立つ。

(だめだ。こんなの、すぐイく)

制御を失った肉体はたちまち昇りつめた。絢都はシーツにしがみつくようにして、がくがくと痙攣しながら極める。

「なんだ、もうイきっぱなしになったのか?」

仕方のない奴だとそれでも優しく囁きながら、佳孝の手が背中や脇腹を愛撫してきた。どこもかしこも感じてしまって、絢都はもう喘ぐことしかできない。

諒賀と佳孝に代わる代わる挿入され、彼らの男根で執拗に内部をかき回され突き上げられて、絢都は噎《むせ》び泣きながらも全身を悦びに打ち震えさせるのだった。

データをまとめて送信する。絢都は仕事がようやく終わったことに一息ついて、椅子の上で大きく伸びをした。時計を見ると、夜の十時を過ぎたところだ。

まだ寝る気にはなんとなくなれなくて、動画投稿サイトを開く。表示された画面をぼんやりと眺めていると、ふとあるサムネイルが目についた。

『過疎の村、○○県の常師栄村』

心臓を掴まれたような気がして、指がぴくりと動く。動画の投稿者は、どうやら廃墟となった町や村に数多く行っているらしい。少しためらってから動画をクリックすると、落ち着いた男の声と、見覚えのある景色が映し出された。

『ここ常師栄村は、二年ほど前に廃村となった村です。そのため、まだ建物も新しい感じがしますね』

村の入り口からカメラが入って来て、奥へと進む。村の中には誰もいなかった。

『廃村となる時に、村に残っていた住民は麓の町に移り住んだとのことです。ん？　ここは、ずいぶん立派な家ですね』

そこに映っていたのは、夜凪家だった。家は住む者がいなくなると途端に風化してしまうという。外観を見ただけでも、手入れされていない家は絢都の記憶よりも傷んでいるように見えた。

『ここは、村に唯一あるという旅館ですね。少し不気味な雰囲気が漂っています』

次に紹介されたのは儀式が行われた旅館だった。村で一番大きな建物は、一瞥《いちべつ》しただけで人が寄りつかなくなったことがわかる。ここであの狂宴にも似た儀式が行われた。たった三年ほど前のことなのに、もうずいぶん昔のことのようにも思える。絢都はかつて自分が暮らしていた村がもぬけの殻になっている光景を初めて目の当たりにした。喉の奥がきゅうっと締まるような感覚がする。ここが廃村になってから、長くとも三年は経っていない。今にもそのあたりの建物から誰かが出てきてもおかしくないような感じもした。

配信者の男は集落の奥へと進んでいく。その道を進めば、絢都の両親と祖父が住んでいた家に行き当たる。

『ん？　何だこれ。落書き？』

男が声を上げた。

画面に映っている家——それは絢都の家族が住んでいた家だ。その家の外壁に、塗料で何かが書いてある。

——『アヤト　カエッテコイ』

そんな言葉が壁に記されていた。

『アヤト、ってのは人の名前なんですかね？　ここから出て行ってしまった人なのかな』

男がそんなふうに呟く。当の絢都は心臓の鼓動を抑えるように胸を掴んでいた。

あれを書いたのは、祖父だ。

絢都は直感でそう思った。

三年前に絢都が村から逃げ出し、そのすぐ後に村は廃村となった。けれど、村の人達は絢都を諦《あきら》めていない。あの毒々しいほどに赤い文字がそう訴えていた。

その時、階段をリズミカルに上がってくる音がする。絢都は反射的にブラウザを落とした。

「アヤ、夜食作ったけど、食うか？」

「あ、うん、ありがとう」

諒賀がドアから顔を出す。絢都はとっさに笑みを浮かべて立ち上がった。

「仕事終わったのか？」

「うん、今送った」

「そっか。おつかれ」

何事もなかったように平静を装う。あの動画の存在を彼らに教えてもよかったのに、絢都はどうしてなのかそれを隠した。

次の日の午後。絢都は自分の部屋で、手にしたスマホをじっと見つめていた。

佳孝と諒賀は用事があって出かけている。今、三人で住んでいるこの家にいるのは、絢都一人だった。

「……」

息を詰める。アドレス帳を開き、長い間見ていなかった祖父の番号を開いた。

逃げてきたあの村はいまだあそこに存在している。消えてなくなったわけではないのだ。

(俺は佳孝と諒賀のことばかりを考えてきたけれども、常師栄村が実際どうなったのかは、見ていなかったのかもしれない)

滅びてしまった村。もう人がいなくなってしまった村。あの村の歴史は、あそこで途絶えてしまった。

それを自分のせいだとはもう考えないが、他の人はそうではないだろう。

かたをつけたい。そのためには、村の人間と一度話をしなくてはならないだろう。一方的に逃げたのは自分達なのだから。

「――っ」

大きく息を吐き出し、指を動かした。微《かす》かに震える指先が祖父の名前をタップする。呼び出し音が聞こえてきた。二回、三回。

「……」

出ないだろうか。一応非通知にはしてあるから、それならそれでいい。話さなければ、という気持ちと、出ないで欲しい、という気持ちとが半々だった。

コールが六回目を迎えた時だったろうか。それがふいに途切れた。

『――もしもし』

「……っ」

しわがれた、少し険のある声。祖父に間違いはなかった。絢都は何と言っていいのかわからず、一瞬口籠《くちご》もる。

『もしもし？』

「……あの…」

ようやく声が出た。それで祖父は電話をかけてきたのが誰だかわかったらしい。

『絢都か？』

「……はい」

電話の向こうで大きなため息が聞こえる。絢都は思わず背中を緊張させた。

『今、何処にいるんだ』

「言えません」

祖父は唸《うな》るように喉を鳴らす。だが、何かを考えているような気配がした。

『村はな、もうなくなった。あそこにはもう誰も住んでおらん』

「知ってます。お父さんとお母さんは？」

『麓の町で一緒に住んでいる』

「元気なんですか？」

『ああ』

「それならよかったです」

『お前、何故逃げ出したんだ。お前の両親も悲しんでいるぞ。おおかた夜者の連中に唆《そそのか》されたんだろう』

「違う」

絢都は息を吸い、思い切って告げる。

「佳孝と諒賀は、俺を助けようとしてくれたんです」

『……何？』

「あの晩、出来損ないの『月印の者』である俺は、処分される予定だったんだよね？」

『……』

祖父が息を呑《の》む気配がした。

「彼らはそんな俺を助けようとしてくれたんです。ねえお祖父ちゃん、あの時、本当に俺を殺すつもりだったの？　村の外れにあったお墓に、俺も一緒に埋められるところだったの？」

少しの間沈黙が続く。だが、やがて祖父は力なく答えた。

『……あの時は、確かにそうだったかもしれん。だが、今はもう村はない。そんな恐ろしいことは考えておらんよ』

祖父がこれまで聞いたことのないような優しげな声を出した。絢都は子供の頃から祖父には叱《しか》られるか説教をされた記憶しかない。それが突然そんなふうに言われて、耳を疑ってしまう。

『村から出て、麓の町に住むようになって、外の連中と我々の違いに気づいたのだ』

祖父達は自分達が別段変わっているとは思っていなかった。だが環境ががらりと変わると、その違いを嫌でも認めざるを得なかったらしい。

『後悔しとる。儂《わし》らももう、今の時代に合わせた生き方をせねばならんと思い知った』

「お祖父ちゃん……」

『なあ絢都。一度話し合わんか』

「……」

祖父が優しげな声を出す。だが、絢都は慎重だった。話し合い、そしてまた決裂してしまったら、今度こそ無事に帰れないような気がする。

『顔を見せるだけでいい。両親に顔を見せてやれ』

「でも……」

『警戒するのはわかる。だが環境が変わって時間も経ち、儂らも変わった。心配はいらない。何もしない』

正直、祖父はともかく、父と母のことは気になった。あの時二度と会えないものだと覚悟したが、いざ会えるかもしれないと思うと思慕の念が湧き上がる。

「……わかった。でも、会うのはお店とかにして欲しい」

誰か第三者の目があれば心配もないだろう。絢都がそう告げると、祖父は麓の町にある一軒の食堂を指定してきた。

『どうせ夜者の二人と一緒にいるんだろう。今回はあの二人には黙っていてくれないか』

「どうして?」

『夜者はとにかく「月印の者」を心配するものだ。儂が子供の時、村にいた月印と夜者もそうだった』

今回は家族の問題で、村は関係ない。両親も夜者を前にすると遠慮して思っていることが言えないだろう、と祖父は言った。

確かにそうかもしれない。『月印の者』にとって夜者の存在は大きく、村にいた頃も両親は彼らに遠慮していたような気がした。

「そうする」

もしかしたら、あの恐ろしい因習はもう終わりになるかもしれない。自分と両親が会って話をすることで、村の止まってしまった時間が進むための一歩となるのだ。

そうすれば、村の外れの墓に眠る人達も報われる。

絢都はその思いで、祖父の申し出を受けたのだった。

それでも何かあった時のためにと、絢都《あやと》はメモを残してかつての故郷へと向かった。

――祖父と電話で話しました。家族と会ってきます。すぐ戻るので心配しないでください。

一人で三時間ほどかけて車を運転し、常師栄村《とこしえ》があった山の麓《ふもと》にある町へと赴く。指定された食堂は通りから一本入った静かな場所にあった。比較的新しく、綺麗《きれい》な店構えをしていた。

「ああ、絢都！　久しぶりね……」

「元気そうだな。少し感じが変わったか？」

「父さん、母さんも元気そうでよかった」

両親はぎこちなくも、絢都を見て笑顔で迎えてくれる。それを見て、絢都は心からほっとした。食堂の中には絢斗達の他に七、八人ほどの客の姿があった。

「お祖父ちゃんも変わりなさそうでよかった」

「ああ、そうだな」

村の因習のせいでこじれてしまったが、絢都も普通に家族のことが心配だったのだ。自分だけ新しい生活に馴染《なじ》んで後ろめたく思っていたが、彼らもまたそれぞれの生活を始めていっているようなら本当によかったと思う。

「さあ、絢都、好きなものを食べろ。ここはけっこう美味いんだぞ」

「うん、ありがとう」

父からメニューを渡された絢都は日替わり定食を注文した。料理が運ばれてくる間、絢都は両親から質問攻めに遭う。

「ちゃんと食べているの？　仕事は？」

「きちんと食べてるよ。仕事はイラストの仕事をしている」

「そんなもので生活できるのか」

父の言葉に、絢都は苦笑した。

「どうにかやっていけてるよ。仕事も少しずつ増えている」

「夜者《やしゃ》と一緒にいるのか」

「近くにいるよ」

「あの二人とは、夜者として選ばれる前から一緒にいたものねえ……」

母の表情は少し複雑そうだった。自分の息子と彼らが性的な関係にあるというのは、因習のせいだと言ってもいい気はしないのかもしれない。

「この町はとってもいいところよ。村から来たみんなもそう言っているの。だから、戻ってきても大丈夫よ」

「それは……」

運ばれて来た料理に目を落としながら、絢都は困ったように笑った。今日の定食は麻婆豆腐《マーボードウフ》だった。少し辛みの強い、濃厚な味が後を引いた。

「それはできないかな」

両親には心配をかけて申し訳ないとは思うが、そこは線を引いておきたいところだった。あれだけ決死の覚悟で村を捨ててきたのだ。今更そのコミュニティに戻ることはできないし、何より絢都は今の生活が気にいっている。都会では必要以上に自分達に関心を持たれない、その無関心さが何よりも心地よかった。

「どうせ東京《とうきょう》にいるんだろう。若い奴らはみんなそうだ」

「……」

「でも、東京は危ないんでしょう。犯罪に巻き込まれたりしないの」

「そんなことはないよ」

正直、東京の犯罪率よりも、残酷な因習を持つ村のほうがよほど危険だと思う。彼らはそうは思わないのだろうか。

両親と会話を続けていくうちに、絢都は軽い失望を覚えていた。彼らは村を出ても、その本質は変わっていない。心は未《いま》だあの土地に囚《とら》われたままなのだ。

——ここから出たら、さっさと帰ろう。

佳孝《よしたか》も諒賀《りようが》も心配しているだろう。家族が元気なことも確認した。自分の居場所はもうここではない。最初からこの家族の元にはなかったのだ。

「ごちそうさま」

絢都は箸《はし》を置く。

「じゃあ、俺、帰るね。父さん母さんも元気で。お祖父ちゃんも」

ここに自分の居場所はない、と再確認して、絢都は席を立つ。すると、それまで黙って話を聞いていた祖父が口を開いた。

「お前に最後のチャンスをやろう、絢都」

「え？」

「今度こそ、村の役に立つのだ。そして『月印《げついん》の者』としてのお役目を」

その時絢都は、自分の足下がぐらりと揺れるような感覚を覚え、テーブルに両手をついた。

足下だけではない。目の前もぐるぐると回っている。

「煎《せん》じ薬が効いてきたようだな」

「……お祖父ちゃん、なに……」

いったい何が起こったのかわからなかった。だが、食事を終えた食器が目に入った時はっとする。まさか食事の中に、薬を入れられていた？

意識が薄れる。霞《かす》む視界の中に映る店の客と店員の姿にふと気づいたことがあった。彼らは皆、村で見たことのある顔だった。

――佳孝。諒賀。

闇に呑《の》まれる寸前、絢都は心の中で彼らの名を呼んだ。

腕と肩に鈍い痛みが走る。絢都は低く呻《うめ》いて、重い瞼《まぶた》を開けた。

「……っ」

両肩に体重がかかる。その時初めて、絢都は自分が両腕を縛られ、上から吊《つる》された状態で立たされていることに気づいた。

「っ、え……っ」

「気がついたか」

驚いて声を上げた時、そこに他の誰かがいることに気づいた。前に出てきた人物を見て、思わず息を呑む。

「相田《あいだ》、さん……？」

それは常師栄村の村長の相田だった。よくよく見回すと、何人かの男達がいる。それは皆、常師栄村の住民達だった。

「久しぶりだな、絢都」

相田は三年見ない間に少し老けたようだった。頭部の白い髪の割合が増えている。

「いったい、これは…っ」

絢都は頭の上で拘束された両腕を動かそうとしてハッとした。自分は衣服を着ていない。裸で縛られている。

「しかしまあ、『月印の者』の身体っていうのはそそるように出来ているもんだ。こうして見ているだけで変な気分になってくる」

「何のつもりですか!!　何をしようと…！」

「ここが何処かわかるか？　絢都」

そう言われて、辺りを見回す。長い間使われていないような広い座敷。覚えがある。ここは。

「ここ、は、常師栄村…？」

ここは、三年前に儀式が行われた旅館の大広間だった。ここで初めて、夜者である彼らに最後まで抱かれたのだった。

「そうだ。懐かしいだろう」

広間の中にいる男達は裸の絢都をじっと見ている。嫌な予感がした。

「お前も知っている通り、この村は滅びた。儀式が失敗したからだ」

「な…？」

何をもって、儀式を失敗だとするのか。

「お前の夜者達は、きっとあの時、お前のことをちゃんと満足させてやれなかったに違いない。何しろお前は歴代の中でもとびきり淫乱《いんらん》な『月印の者』だからな。なあ絢都」

絢都は否定できなかった。自分が淫乱なのは嫌というほど知っている。だから夜者も二人になったのだ。

「それでだ。儀式をやり直すことになった。ここにいる全員がお前の相手をする」

「――――！」

男達がにやにやと笑いながら近づいてくる。絢都は身体を強張《こわば》らせた。取り乱すまいと気丈に睨《にら》みつける。

「馬鹿なことはやめろ！　そんなことをしても、村はもう――――」

「黙れ‼」

相田の一喝に、絢都は言葉を詰まらせた。

「先祖代々から受け継いできた村がなくなる。その身を切られるような思いがお前にわかるか！　逃げ出したお前に！」

そんなふうに言われてしまうと、絢都には返す言葉がなかった。生まれ育った場所がなくなるというのは、確かに自分の一部が切り取られてしまうような感覚だろう。だがそれは、『月印の者』だけで背負えるようなものではない。

「お前の祖父は、きっと連絡が来るだろうからそれまで待てと言った。あれはそういう気質だと。まさか本当に連絡を寄越《よこ》すとは思わなかったよ。お前が連れて行かれたあの店はな、村の出身者が経営している店なんだよ」

だから見覚えがあったのか、と腑《ふ》に落ちた。そして店ぐるみで絢都の料理に薬を混ぜ、意識を失った絢都をここに運んだのだろう。

自分が祖父に電話をしたことでこんな事態になった。絢都は唇を噛《か》んだ。あの動画を見たせいで、妙な気になってしまったのだ。

その祖父と両親は、今この場にいない。やはり自分の血を引いた身内が陵辱される様は見たくはないのだろう。あの儀式の時もそうだった。

「……もし、ここで儀式をやり直したとしても、すぐに結果がわかるわけじゃない」

村を繁栄させるという行為は、魔法のようにすぐに出来るものではない。村の収入が増え、人口が増えて活気が戻る。それがわかるには年単位の時間が必要だろう。

「もちろん、その間お前にはここに留まってもらう」

「！」

「ちゃんと飼ってやるから安心しろ。死なせたりはしないさ。何しろ村の大事な『月印の者』だからな」

相田が告げた言葉に愕然《がくぜん》とする。それは、絢都がここに軟禁されるということだ。

「さあ、がんばって常師栄村を復活させて、繁栄させてくれよ。一番淫乱なお前なら出来るはずだ。俺達もがんばって悦《よろこ》ばせてやる」

「……やめろ。触るな」

俺に触るな、と絢都はどうにかして縄を解けないかともがいた。だが梁《はり》から吊された縄は軋《きし》む音を上げるだけで、薄闇の中、絢都の白い身体があやしくくねるだけだった。そしてその様は、男達をいたずらに刺激する。

「あっ！」

背後から胸の突起を摘まれ、弾《はじ》くように刺激された。たちまち痺れるような甘い刺激が湧き上がる。そこはいつも愛撫《あいぶ》されると、はしたなく尖《とが》って硬くなってしまう。

「もうこりこりになってるじゃないか、ええ？」

「う、ん…ん、んんっ……！」

絢都は悔しさに唇を噛む。嫌なのに、別の男に触られても快感は込み上げてきた。せめて声は出すまいと必死に我慢するが、増える愛撫の手にそれも難しくなっていく。

「感じないようにしているのか？　無駄だ」

「ほら、根元からたっぷり扱《しご》いてやるからな」

股間《こかん》で頭をもたげ始めていたものを握られ、じっくりと上下に扱かれた。

「あ、んあっ！　あううっ」

弱い場所への愛撫にたまらず声が出る。男の荒れた手に包まれ、いやらしい手つきで擦《こす》られて、絢都の肉茎はびくびくとわなないた。先端をとろりと潤ませて愛液を滴らせていく。

「い、や…だ、あっ、そん、なにっ……！」

「気持ちいいだろう？　先っぽからだらだら汁が零《こぼ》れてるぞ。そら、もっとくちゅくちゅしてやろうな」

丸い先端部分を、親指の腹でくりくりと撫《な》で回される。背筋を舐《な》め上げる強い刺激に腰が何度も跳ねた。

「んあぁっ、ひぃっ、あっ、あっ」

「腰を突き出してきたぞ」

「もっとして欲しいんだろうさ」

「後ろもひくひくしてるな。どれ、指を挿《い》れてやろう」

「…あ――…っ」

もう声を殺すことも忘れ、絢都は背中を仰《の》け反《ぞ》らせた。その反った背筋に別の男が舌を這《は》わせる。全身にぞくぞくと震えが走った。

「『月印の者』はここが女のように濡《ぬ》れるって聞いたが、本当なんだな」

男の節くれ立った指が、絢都の中で内壁を擦るように動く。欲深い絢都の肉洞はひっきりなしに収縮しながら、それを締めつけていった。前と後ろを同時に責められて下腹の奥から何かがびりびりと込み上げる。

「ここも感じるだろう」

「あああっ」

無防備に晒《さら》された腋の下から脇腹にまで指を這わせられて、嬌声《きようせい》を漏らした。くすぐったいはずなのに、甘い感覚にとってかわられる。今や全身を愛撫されて、絢都は途切れることのない快楽によがり抜いた。

「どうだ絢都、どこが一番気持ちいい？」

「ああっ、はっ、ああ…うう…っ」

身体の至るところで感じる快感が、体内でひとつに混ざり合う。時折我慢できない感覚が込み上げてきて、男達の前ではしたなく腰を揺すった。

「んっ、あっ、あ——…っ」

「そんなに腰をへこへこさせて」

「イきたいか？　イきたいよなあ」

「おねだりしてみろ。俺達が気持ちよ～くイかせてやる」

誰がそんなことをするか、と頭の隅で思った。だが淫乱な肉体は絢都の意志をたやすく裏切って暴走する。身体に染みついた絶頂の快感をどうしようもなく求めてしまうのだ。

「言わないと、ずっとこうして寸止めだ」

絢都の身体が登りつめる寸前でぶるぶるわななくと、男達は愛撫を止めてしまう。そして絢都の熱が少し鎮まるとまた淫戯が再開されるのだ。そんなことを何度か繰り返されると、もう絢都は耐えられない。

「やっ、やっ！　もっ…、焦《じ》ら、さなっ…！」

焦らさないで、このままイかせて。そう言わされるまで、さほど時間はかからなかった。肉茎から溢《あふ》れる愛液は男の指を濡らし、動かされる毎にぬちゃぬちゃと音を立てている。

「い、いかせ、て……っ」

やがて絢都の口から、屈服する言葉が漏れた。

「イかせて、くだ、さいぃ…っ」

その時に感じたのは、屈辱と、そして甘く痺れるような興奮。ああ、自分はやはり『月印の者』なのだと思い知らされる瞬間だ。どんなに抗《あらが》いたいと思っていても、結局快楽には堕《お》ちてしまう。

「ようし、いい子だ。たっぷりイかせてやるからな」

「お前の夜者よりもいい気分にさせてやる」

「くぅうんっ」

後ろを穿《うが》つ指が二本に増え、探り当てた泣き所をぐりぐりと捏《こ》ねてくる。

「あ…っあ…っ、き、きもち、い…いっ」

前も容赦なく扱かれ、乳首もずっとカリカリと引《ひ》っ掻《か》かれながら、柔らかい腋窩も虐《いじ》められる。そんなことをされて、耐えられるわけがなかった。

「あぁうんっ！　いくっ、いっ…くう——〜っ！」

上体がぐぐっ、と反り返り、下肢《かし》をがくがくと痙攣《けいれん》させた。ずっとお預けされていて、目眩《めまい》にも似た極みが込み上げてくる。

「ん、あ——〜っ、ふあぁあ…っ」

男の手の中で、絢都の肉茎は勢いよく白蜜を噴き上げた。中に咥《くわ》えた男の指も強く締めつけ、それでも足りずに自分から擦るように腰を揺らす。その凄《すさ》まじい淫《みだ》らな眺めに、嬲《なぶ》っているはずの男達も一瞬目を奪われた。

「すげえイきっぷりじゃないか」

「まだまだよがらせてやらないと、なあ？」

憑《つ》かれたように手を伸ばしてくる男達に、絢都は濡れた息を吐き出しながら目を潤ませた。

「あっ、んっ、んんうう…っ！」

後ろから男のものがずぶずぶと挿入《はい》ってくる。内壁を擦り上げながら侵入してくるそれに、背中がぞくぞくと震えた。

「ふう、あっ、あああっ……！」

（何でこんな…っ気持ちいい……っ）

佳孝や諒賀のものでもないのに、どうしてこんなに快楽を感じてしまうのだろう。絢都は自分の肉体の無力さに打ちひしがれていた。けれどそんな嘆きすらも、押し寄せる愉悦《ゆえつ》に途切れ途切れになってしまう。

「そらっ、恥ずかしいところをみんなに見てもらいなっ」

両脚を抱え上げられ、貫かれた状態で股間を曝《さら》け出す体勢をとらされた。下腹につきそうなほどに反り返った肉茎がぶるん、と揺れて愛液を滴らせる。

「ああっ、あーっ」

「おお。おお、こんなにおっ勃《た》てて」

「よっぽど気持ちがいいんだな」

前を視姦《しかん》される間にもずぷずぷと抽送されて、頭の中が白く濁った。

「お前の月印がよーく見えるぞ。またはしたない場所にあるもんだ」

「あっ、あっ…ひっ、見ない、でっ…！」

肉茎の裏側に刻まれた三日月の印。『月印の者』である証《あかし》を、男達の目の前に晒される。

「股間に近い場所にあるほど淫乱になるんだろう？」

「こんな場所にあるんじゃ、そりゃあ可愛がられたら耐えられないよなあ」

「……っ」

その言葉に、絢都は涙に濡れた目で男達を睨みつけた。だが快楽の熱に侵された瞳《ひとみ》では逆に煽《あお》ることにしかならない。

「どれ、儂《わし》が舐めてやろう」

相田が絢都の脚の間に膝《ひざ》をついた。濡れてそそり立つそれに手を添える。

「や、め…っ、あっ、あっ！　んあ——〜…っ」

これ以上はないほど敏感になっているものを、ぬるりとした生暖かい粘膜が包んだ。強烈な快感に下半身が占拠される。

「ひ…ぃ、あぁぁあ……っ」

肉厚の舌にねっとりと絡みつかれ、じゅぷじゅぷという音を立てて吸われると身悶《みもだ》えせずにはいられない。後ろも犯されているので、そう動けはしないのだが。

「ここは弱いのか？」

相田の舌先が三日月をれろっ、と舐め上げる。その途端に腰が熔け崩れそうな快感に襲われた。

「ああぁっ、そ、そこだめっ、んあぁあっ」

「お…っ、すげえ、締めやがる」

「やっぱりこの痣《あざ》は感じるようだな」

肉洞をずんずんと突き上げられているのにもかかわらず、舌先が何度も痣を舐め上げてくる。

「あんあぁ――……っ、そ、そんなにっ、そんなにしないで……っ！」

泣き叫ぶほどの快感に頭の中をぐちゃぐちゃにかき回されるようだった。絢都は啼泣《ていきゅう》しながら、吊られた身体を仰け反らせて絶頂に達する。だが男達はお構いなしに絢都の後ろを犯し、肉茎を舐めしゃぶった。三日月の痣はことさら重点的に。

「ひい、ア、あ、あぁぁああ……っ」

幾度も追い上げられ、極みを味わわされる。これほどの屈辱的な行為に、だが絢都の肉体は悦びに打ち震えた。軋む心も興奮に揉《も》みくちゃにされる。

もう彼らの元には帰れない、と思った。

泥のような眠りの中から緩慢に意識が浮上する。けれどその度に、絢都はまた落胆してしまうのだ。

ここは東京の、彼らと住んでいる家ではない。

常師栄村での陵辱の後、絢都はまた別の場所に移されたらしい。この部屋の感じはマンションの一室だろうか。多分常師栄村ではない。耳を澄ますと、遠くから微かに車の行き交う音が聞こえてくる。そして時折聞こえてくる人のざわめき。これは山の中の村ではないだろうと思った。

彼らは薬で絢都の意識を奪い、犯す時は必ずあの廃旅館に連れて行く。もうどのくらい時間が経《た》ったのかはわからないが、ここ数日の絢都は眠りと快楽の中を行き来しているような状態だった。

(今は——昼か)

だが、使われる煎じ薬の効き目がたまたま弱い時がある。絢都はその時を狙《ねら》って、ここから脱出する術《すべ》を必死で考えていた。

(帰れないじゃなく、帰るんだ)

いつしか絢都はそう思うようになっていた。

佳孝達にこの場所を知らせるにはどうしたらいいか。彼らは、何日も帰らない絢都を心配しているはずだ。きっと捜してくれてもいるだろう。このあたりにいることは見当がついても、町ひとつの中から捜すのは容易なことではないだろう。もしかしたら村のほうにも行っているかもしれないが、あそこには決まった時しかいない。たまたま移動している時に当たるのも難しいだろう。それに、村人達に犯されているところを彼らに見られたくはなかった。他の男達に抱かれて、正気を失ったようによがっている自分を。

(――――あ)

その時ふと思い出したことがあった。以前彼らが心配だからと、絢都のスマホにGPSアプリを入れたことがあった。だがあれは確か、こちらの電源が入っていないと駄目なのではないだろうか。

(荷物は、服は、どこかにあるだろうか)

絢都はまだ鈍さの残る頭で部屋を見回す。ここは村人の誰かが使っている物件だろうか。殺風景な部屋だが、壁際にクローゼットがあるのが目に入った。

苦労してベッドから降り、そこまで歩いて行く。裸体に纏《まと》わり付くシーツが床に滑り落ちた。身体の芯《しん》が熱を持っている。連日犯されていたせいか、肉体の感覚がおかしくなっているのかもしれない。

けど、ここで折れるわけにはいかない。

（ここで負けたら、俺に尽くしてくれた佳孝と諒賀に申し訳ない）

子供の頃から心を捧げ、長じては肉体も捧げてくれた彼らの気持ちまでは裏切りたくはなかった。絢都の肉体が裏切ってしまうのは仕方がない。けれど気持ちまでは。

クローゼットに辿《たど》り着き、扉を開ける。中には男物の服が何着かかかっていた。その中には絢都の服はない。落胆して息をついた時、ふと天袋の戸が目に入った。そこが微かにずれている。

絢都は腕を伸ばし、それをそっと持ち上げてみた。板をずらした先に何かある。思わずそれを摑《つか》んで引き寄せた。

「……あっ、た」

絢都の衣服が丸められてそこに突っ込まれていた。隠したつもりなのだろう。ポケットを探ると、硬い感触を得る。スマホもそこにあった。

だが電源を入れた時、絢都はまた落胆の吐息をつく。バッテリーの残量が二十パーセントを切っていたのだ。これでは彼らがＧＰＳを作動させても、見つけてもらえるかどうかわからない。

（――頼むから）

絢都は祈るような気持ちで電源を入れたスマホを服の中に戻し、それを元通りに天袋の上に戻した。

どうか、見つけてくれるように。

絢都は一縷《いちる》の望みをかけてクローゼットの扉を閉め、ベッドに戻ると、体力を少しでも回復させるべくまたシーツを被《かぶ》った。

だが、ここに最初に来たのは、佳孝達ではなかった。

部屋の外から何やら声がする。どうやら誰かが言い争っているようだ。何事かと上体を起こした時、部屋のドアが乱暴に開けられた。

「……お祖父ちゃん」

そこにいたのは祖父だった。彼は顔を真っ赤にして立っている。何か、ひどく怒っているようだった。祖父の後ろには、相田や他の村人がいる。やはりここは誰かの物件だったようだ。

「この、疫病神めが‼」

祖父の怒声が部屋に響く。役立たずだと罵《ののし》られたことはあるが、疫病神だとなじられたのは初めてだった。

「まあまあ公義《きみよし》さん——。気持ちはわかるが、あんたの会社のことは関係ないと思うよ」

「だいたいそれは、あんたがこの町に来てから興した会社じゃないか」

祖父はあれだけ村にこだわっていたにもかかわらず、この町に移住してから会社を興したらしい。だが事業は軌道に乗らなかったらしく、先日とうとう不渡りを出した。そのことを、役目を果たさなかった絢都のせいだと思っているのだ。

「うるさい！　全部こいつのせいなんだ！　村が滅んだのも、儂の会社が駄目になったのも！」

激高した祖父にその場にいた者は二の句が継げなかった。

——なんで。

どうしてそこまでの仕打ちを受けなければならないのかと思う。

三年もの間村の外で生活してきたせいか、絢都は常師栄村に残る因習がいかに奇異なものなのか理解できるようになっていた。

だが、この人達はほとんど変わらない。

「……お祖父ちゃん達は、自分達に不都合なことを、『月印の者』のせいにして、押しつけてきただけだ」

絢都の口から出た言葉に、祖父はぎょっとしたような顔をした。絢都が面と向かって祖父に意見したのは初めてだったからだろう。

「俺には確かに『月印の者』の印があるし、体質もそうなんだと思う。けど、けど……！」

こんなことを言ったら、怒らせてひどいことをされるかもしれない。ただでさえ祖父は怒っている。けれど、絢都は我慢ならなかった。あんなひどい目に遭わされて、それでも尚《なお》なじられなければならないほどの罪を、自分が犯したというのか。

「あんな因習、もう何の意味もない。今の時代、あんた達はただの犯罪者だ」

昔のことはよく知らない。『月印の者』の犠牲を糧に、村は繁栄を得た時もあったのかもしれない。けれど時代が進むにつれ、その効力はなくなってしまったのかもしれない。

神は信仰心がなければ力が弱まるという。この因習もその類《たぐ》いのものなのだろう。本当のところは何も知らないが、自身が『月印の者』である絢都にはそう思えた。

「何だと、この儂に向かってっ……！」

祖父にとっては自分の息子も嫁も、そして孫の絢都も、絶対的に言うことをきく存在だったのだろう。まさか反抗されると思っていなかった祖父は、血管が切れるのではないかと思うほどに怒り狂った。

「――もういい。今すぐ首を刎《は》ねろ」

「えっ……？」

　それにはさすがに周りにいた者達も驚いたようだった。絢都を監禁しても、殺すことまでは考えていなかったのだろう。

「まて、公義さん。さすがにそれはまずい」

「そうだ。それにあんたの孫だろう」

「誰もやらんのなら、儂がやる！」

　祖父はそう言ってどこかに姿を消したが、すぐに戻ってきた。その手には鉈《なた》を持っている。絢都の背に冷たいものが走った。

「お前には、儂直々に引導を渡してやる」

「そんなことをしたら、すぐに捕まるよ」

　入り口は人で塞《ふさ》がれている。絢都は近くの窓に目をやった。磨《す》り硝子《ガラス》で外はよく見えない。おまけに逃走防止のためか、鍵が針金でぐるぐる巻きにしてあった。

　――やっぱり、もう駄目なのかな。

　自分はここで死ぬのかもしれない。

　限りなく絶体絶命の危機に追い込まれ、絢都は壁際に後ずさった。祖父がじりじりと近づいてくる。

「抵抗するな、絢都。そうすればあまり苦しまずに済む」

「やめるんだ公義さん、こんなところで殺したら、後始末が――」

誰かが祖父から鉈を取り上げようとした。だが近寄るなと言いたげに振り回されて近寄れない。

（抵抗してみようか）

このまま祖父の懐に飛び込めば、あるいは。

だがその場合、今度は相田達に取り押さえられるかもしれない。けれどおめおめ殺されるよりはいくらかマシだろう。

絢都は覚悟を決めた。祖父と睨み合い、好機を狙っていたその時。

ひどく間延びしたようなチャイムの音が響いた。張りつめていた空間にヒビが入る。

「だ、誰だ」

相田が対応しようかどうか迷うような素振りを見せた。

「あのー、すいませーん」

外から聞こえてきた声に、絢都は思わず瞠目《どうもく》した。

（諒賀……！）

耳に飛び込んできたのは、諒賀の声だった。チャイムは続けて鳴らされ、玄関のドアを叩《たた》くドンドンという音も響いてくる。

「開けろ！　開けないと警察を呼ぶぞ！」

「……佳孝」

佳孝の声も聞こえてきた。自分の放った助けがぎりぎり届いたのだ。絢都は安堵《あんど》のあまり泣きそうになったが、状況はまだ改善されていない。

「くそっ、夜者か……！」

「ど、どうする」

「このまま警察を呼ばれたら厄介だぞ」

彼らはもともと、考えが古いだけの人間だ。こういう時の対処の仕方も、ろくに考えていないのだろう。互いに顔を見合わせ、何やらぶつぶつと言っていた。祖父でさえどうしていいかわからずに視線を彷徨《さまよ》わせている。

「ああ、わかった！　今出る！」

忌々しげに相田が吐き捨てた。玄関のドアが開く気配がする。次の瞬間、誰かが強引に入ってくる音がした。

「あっこらっ！　お前達、土足で！」

「入らせてもらいますよー」

「絢都はどこだ！」

二人の声が聞こえる。たった数日離れていただけなのに、懐かしい思いが込み上げて、絢都は涙が出そうになった。

「――佳孝！　諒賀！」

「！　こっちか！」

思わず二人の名を呼ぶと、彼らの気配がすぐに近づいてくる。部屋の入り口に二人の姿が現れた。

「佳孝！　諒賀！」

「絢都！」

互いに名を呼び合った、その時だった。祖父が絢都の元に駆け寄り、銃を突きつける。

「！」

「動くな！」

祖父の怒鳴り声がその場に響いた。目の前の光景を見て、佳孝と諒賀もさすがに動きを止める。喉元《のどもと》に刃が押し当てられる感触に、絢都も思わず息を呑んだ。

「……やめとけよ、爺さん。絢都は孫だろ」

「自分が何をしているのかわかっているのか」

「もちろんわかっているとも」

祖父の声は、思ったよりも冷静だった。

「お前達は、この『月印の者』の一連の風習が、単なる迷信だと思っているのだろう。現代にそぐわない、野蛮なことだと」

「……すべてがそうだとは思っていない」

佳孝が密《ひそ》かに目配せを送ってくる。絢都は身体を強張《こわば》らせながらも様子を窺《うかが》った。

「絢都はまぎれもない『月印の者』だ。何でそんな特徴を持って生まれてくる奴がいるのかはわからねえが――」

「遠い昔のことだ」

祖父は過去に思いを馳《は》せるように呟《つぶや》いた。

「この村が飢饉《ききん》に襲われた時、観音様が現れた。そして夜凪《よなぎ》家の者の一人に痣を授けられた。それが最初の『月印の者』だ」

『月印の者』は痣の熱にうかされて村の若者と交わった。するとしばらくして飢饉は収まり、以前の時よりも作物がとれるようになったという。

「それからだ、夜凪の家に、度々痣を持つ者が生まれるようになったのは。お前達若い者は時代にそぐわないと言うが、この風習で村が救われてきたのは事実なんだ」

「村に恵みをもたらさない『月印の者』の命を絶ってまで、かよ。それってもはや、呪《のろ》いなんじゃねえの」

「……そうかもしれん」

観音様だと伝えられていたのは、はぐれ者の術者の類いだったのだろう。祖父はそう言った。

「儂が子供の頃、戦争があった。その時も『月印の者』はいた。あいにくと、繁栄をもたらさないほうだったが――。その者が命を捧げるところを、儂は物陰からこっそりと見た」

初めて聞く祖父の話に、絢都は瞠目した。

祖父が子供の頃にいた『月印の者』。それは絢都と同じく、繁栄をもたらさないほうだった。そのために村に命を捧げるべく、村の外れでひっそりと首を斬らされることになる。

「その者と儂は、親しかった。彼が斬首されると聞いて、儂は前の晩に座敷牢《ろう》に会いに行った。彼はもうすぐ死ぬ運命にもかかわらず、笑って儂を迎えてくれた」

祖父の鉈を持つ手が震えている。

――もしや、祖父はその人が好きだったのではないだろうか。

絢都はそんなふうに感じた。

「自分はお役目を果たすことが出来なかった。だからこの命を捧げる。そう言って彼は、黙って首を斬られた。それからしばらくして、村の人口がまた増え始め、田畑からはよく作物がとれた」

だから、と祖父は続ける。

「こいつが役目も果たさないままにのうのうと都会で生きていることが、儂にはどうしても納得できん！」

祖父の叫ぶような声。鉈の刃先が明確な殺意を持ってぎらりと光った。振り上げられたそれが、絢都の首元を狙う。

「————っ！」

ヒュッ、と空気が鳴る音が聞こえた。鉈が首に叩きつけられる衝撃を覚悟した絢都だったが、衝撃は違うところから来た。

一瞬の隙《すき》を窺って床を蹴《け》った佳孝が祖父に体当たりをし、腕を跳ね上げて鉈を奪う。それとほぼ同時に絢都は腰を抱かれ、佳孝の腕の中に引き寄せられていた。

「ぐあっ！」

鍛えられた肉体を持つ佳孝のタックルを受けて、年老いた祖父の身体は跳ね飛ばされてしまう。壁に背中を強く打ち、呻きながらズルズルと座り込んでしまった。

「お祖父ちゃん……！」

「公義さん！」

村人達が祖父に駆け寄り、大丈夫かと問いかける。床を滑っていった鉈を諒賀が拾い上げた。

「大丈夫か、絢都」

「うん、ありがとう佳孝」

「まったく、年寄りだってのに無茶してくれる。……絢都は返してもらうからな」

鉈を取り上げられたことにより、祖父は諦《あきら》めたように消沈してしまっていた。

「マジでイかれてるぜ。実の孫を殺そうとするなんてな」

諒賀が吐き捨てるように告げる。俯《うつむ》いたままの祖父は反論しなかった。

「どうする、絢都？　一発くらいぶん殴っておくか？」

絢都は黙って祖父を見つめた。つい先刻までの常軌を逸したような激高は影を潜めて、なんだか憑きものが落ちたようにも見えた。

「……お祖父ちゃん、不出来な『月印の者』でごめんなさい。村が滅んだのは俺のせいかもしれない。でも、俺も自分の人生を諦めることが出来なかった」

そんなことを言い出す絢都を、二人が見つめる。

「俺は時代が時代だったら首を刎ねられて当然だったかもしれない。……でも、今わかったんだ。時代がどうとかじゃなくて、自分の意志とは関係ないことで過失を責められて、それで命を奪われるなんて、やっぱり間違っていると思う。お祖父ちゃんが仲が良かったその人も、死ぬ必要なんてなかった」

祖父は絢都の言葉に瞠目した。

「命を奪われた『月印の者』がいるのに、俺だけが幸せになって生きながらえていいのかって悩んだこともある。でもようやくわかった。――俺の役目は、こんなことはもう俺で終わらせるべきなんだってこと。いや、もう終わっていたんだ。だって村はもうなくなったんだから。それなのに、お祖父ちゃんも相田さん達も、亡霊になった村を揺り起こそうとした。そんなことはしちゃいけない」

切々と訴える絢都の言葉に、相田達村人は決まりの悪そうな顔をする。誰も何も言い返して来なかった。祖父ですらも。

「俺は、父さん母さんとももう会いません。会わないほうがいいと思う」

彼らは絢都を村に差し出した。仕方のないことだったとはいえ、逆わずに、抵抗もしてみなかったということは、そういうことなのだと思う。

自分の家族は子供の時から佳孝と諒賀の二人だけだった。少しの寂しさが胸に残るが仕方がない。

「お祖父ちゃんからよろしく言っておいてください。身体に気をつけてと」

絢都がそう告げると、祖父は微かに頷《うなず》いたように見えた。

「――ちなみに、今までの会話は全部録音してるから」

諒賀がおもむろに録音状態になっている自分のスマホをかざして見せる。

「これ、証拠な。何かあったら警察に垂れ込むぜ」

諒賀の言葉に、村人達は神妙な顔をした。

「絢都、お前の服は？」

「クローゼットの天袋の上にあると思う」

佳孝が大股でクローゼットに近寄り、天袋を開け、絢都の衣服を一式取り出す。手渡されたそれを身につけ、すっかり支度を調えた。スマホのバッテリーは限りなくゼロに近くなっていた。本当にぎりぎりだった訳だ。

「よし、じゃあ帰るか」

「……ま、まて、帰さんぞ」

まだ往生際悪く、相田が追い縋るように引き留める。

「どう帰さないって言うんだ」

だが佳孝が凄《すご》むと、男達はひっ、と首を竦《すく》めて後ずさった。

「あんたらがやったこと、普通に警察沙汰《ざた》だからな。通報しないだけ有り難く思ってもらわねえと困るな」

諒賀も村人から見れば輩《やから》のような姿をしているので、迫力は満点だった。それ以上何も言えない村人を置いて、三人は部屋を出る。

外に出て、絢都は自分がいた場所が古びたマンションだとわかった。町を出る時、絢都は山のほうを振り返る。

――さよなら。

村のある場所を一瞥《いちべつ》して、迎えに来た男達と帰って行った。

東京へ帰る車内では、誰もほとんどしゃべらなかった。

家に着いた絢都は長時間浴室を占領し、身体を隅から隅まで、中まで洗う。広間で行われた陵辱の記憶が頭を掠《かす》める度に胸が潰《つぶ》れそうな気持ちが込み上げてきた。

（けど、大丈夫だ、あんなこと、すぐに忘れる。忘れてみせる）

首を刎ねられた『月印の者』に比べたら、遥《はる》かにマシなはずだ。

――――でも、あの二人にとってはどうだろう。

絢都が何をされたのか。助けに来た部屋で、裸にシーツを纏っていた姿を見れば、おおよそは見当がつくだろう。そのことを彼らはどう思っただろう。

気の済むまで洗った後で部屋に戻り、ベッドに腰掛けて考えた。これからのことを考えると今更ながらにどうしよう、と途方に暮れるのだ。

村の男達にされたことがただの陵辱だったならまだいい。けれど絢都はあの時、感じてしまったのだ。自分がどんなふうに淫らに振る舞ったのかもうっすらと覚えている。

身柄を解放されてほっとすると、次はそんな憂いが出てきた。

どうしよう。もう嫌われてしまうかもしれない。

彼らは階下のリビングで待っているだろう。けれど絢都はどんな顔をして出て行ったらいいのかわからなくなった。

そんな時、部屋のドアがノックされる。

「大丈夫か」

「あ、うん…」

遠慮がちに声をかけてくる彼らに、絢都もとりあえず返事をした。二人は部屋に入ってきて、パタンとドアを閉める。絢都は気まずくなって俯いた。

「絢都は、もう嫌か？」

おもむろに佳孝が告げた言葉に、絢都は顔を上げる。

「え？」

「ひどいこと、されたんだろう」

やはり彼らはわかっていたのだ。絢都がどんな目に遭ったのか。これでは隠すことも誤魔化すこともできない。そう思うと、笑ってしまった。

「ひどいことなんかされてないよ」

露悪的に口元を歪《ゆが》めながら、吐き捨てるように言う。

「縛られて吊されたけど、何されても気持ちよかったから。佳孝と諒賀にされてる時と同じように、感じて、何回もイった。俺はそういう、最低な奴だから」

諒賀がため息をつくのが聞こえた。やっぱり呆《あき》れられたのだ。そう思って、絢都は身体を強張らせた。張りつめた空気に耐えられないように、自分を責める言葉が止まらない。

「そういう俺を、助けに来る必要ってあった？　……佳孝も諒賀も俺のこと大事って言ってくれたのに、俺は二人を裏切る真似《まね》しかしてない」

これ以上彼らの前に姿を晒していることがつらかった。今すぐ消えてしまえばいいのに。

けれど彼らの口から出たのは、予想外の言葉だった。

「――――やっぱり、そんなふうに言うんじゃないかって思ってたよ」

「俺達が怒っているとすれば、お前が一人で行ってしまったことだ」

――――え？

一瞬意味がわからなくて、絢都はおずおずと顔を上げて彼らを見た。

「あとは俺のアヤをよくもやりやがったなって、村の連中にも怒ってる。やっぱり全員一発ずつくらい殴ってやりゃよかった」

「俺のでもあるぞ」

佳孝がさりげなく諒賀の言葉を訂正する。

「……許してくれるの？　他の男にされて感じたのに」

呆然《ぼうぜん》と呟く絢都に二人は近づいてきて、それぞれ両側に腰を降ろした。

「許すも何も、そんなことで怒ったりしない」

「悔しいって気持ちはあるけどな。お前のせいじゃねえよ。そうだろ?」

お前は『月印の者』なんだから。

男に抱かれれば、否応《いやおう》なしに感じてしまう。そういうふうに生まれついている。

「……かもしれない。でも」

それは逃げ口上のような気がして、嫌だった。

「でも俺は、佳孝と諒賀に抱かれる時は、二人が好きだから気持ちいいんだと思いたかっ……、っ!」

絢都は最後までそれを言うことが出来なかった。押し倒され、強引に口を塞がれる。佳孝だった。舌根が痛むほどに強く吸われて、びくん、と身体が跳ねる。

「んっ、んっ!」

敏感な口の中の粘膜をかき回され、頭の芯がくらくらしたところで、さっさと代われとばかりに顎《あご》を捕らえられる。息を吸う間もなく、諒賀に口づけられた。舌をしゃぶられ、上顎を舐め上げられてぞくぞくと背筋を震わせる。

「んあっ、ん——…っ」

「……同じだったか？」

口を離した諒賀が、低く囁《ささや》いた。

「同じだったか？　俺らと、あいつらと」

「あ……」

言われて思い知らされた。

「ぜんぜん、ちがう……」

快楽は受けても、気持ちの充足度がまったく違う。彼らに抱かれる時は、いつも多幸感がある。

「けど、佳孝と諒賀は、気持ち悪くないのか。他のやつらに好き勝手された俺が」

「そんなわけないだろう」

「ああっ」

佳孝の指先に、衣服の上から正確に乳首を探り当てられる。びりびりと電気が走ったようだった。

「それに今から、俺達が上書きしてやる。お前が嫌ならやめようかと思っていたが、そんなことを言うのなら、もう遠慮するのはやめだ」

「アヤが泣いても喚《わめ》いても、気持ちよくしてイかせまくってやるからな」

諒賀が上半身の衣服を勢いよく脱ぎ捨てた。佳孝もそれに続く。二人の男の鍛えられた強い肉体を前にして、絢都は頭の芯がくらくらするのを感じた。

「あっ、っ、あ、あ、あ――…っ！」

絢都の肢体が大きく仰け反り、曝け出された股間のものから白蜜が弾ける。肉洞の内部が、佳孝のものから注ぎ込まれた精で満たされた。

「は、あっ……は」

後ろから佳孝の腰の上に座るように抱えられ、自重によって深く彼を咥え込まされた。猛々《たけだけ》しいものでたっぷりと中を擦られた絢都は、何度もはしたない声を上げて絶頂を極めたのだった。

「気持ちよかったか？」

「ん…、う…んっ」

自身も息を弾ませながら尋ねてくる佳孝に恍惚《こうこつ》とした表情を浮かべながら頷く。身体中がまだじんじんとしていた。まだ、もっと突き上げて欲しくて、肉洞の中のものをひくひくと締めつける。

「こっちもずっと勃ってるぞ」

「ふあ、あぁあっ」

身体の前にいる諒賀に乳首をずっとかりかりとひっかかれていて、それだけで泣いてしまった。

「あ、あ、乳首、じんじん、するぅ…っ」

「可愛い」

「んぁっ、んんう……っ！」

ぷっくりと膨らみ、硬くなった胸の突起を諒賀に吸われ、舌先で転がされて、痺れるような刺激に喉を反らす。

（ああ、いい……っ！）

中も刺激されながら乳首も虐められ、絢都の興奮と快感はずっと下がることがなかった。佳孝に緩く腰を動かされ、内奥がぢゅくっ、ぢゅくっ、とかき回された。

「んぁああ、あああぁ…っ」

啜《すす》り泣いて悶える絢都の耳に、背後から佳孝が舌先を差し入れる。

「今からそんなに感じてどうするんだ…？　まだまだ可愛がられるんだぞ」

こんな快楽を、もっともっと与えられる。そう宣言された絢都は全身をぞくぞくと震わせた。

「期待してんのか？　しゃーねえなあ、期待には応《こた》えねえと」

諒賀の唇が次第に降りていく。引き締まった腹部から下肢へと下がるそれは、脚の間でそそり立っているものを根元から舐め上げた。

「んあ、あっ！」

がくん、と腰が跳ねた。強烈な刺激が腰から脳天へと突き抜けていく。

「先っぽ、ぐっちょぐちょ……」

「んうっ、ああっ、あんんう…っ！」

愛液で濡れそぼった先端を吸われ、優しく舌で撫でられると下半身が痺れて熔けていくようだった。立てた両の膝が、勝手に外側へと開いていく。後ろと前を同時に責められる快感に絢都はたちまち屈服した。

「んぁ、ああ、ア…っ！　い、いぃ…っ」

頭の中がどんどん淫らになっていく。素面ではとても言えないような言葉が濡れた唇から垂れ流された。

「諒賀っ、そ、そこ、裏のとこ、舐めて……っ」

最も敏感な痣の部分を舐めて欲しいと、絢都は懇願する。

「もちろん。たくさん舐めてやる。お前の好きなとこを」

そう言って彼の舌先が『月印の者』の証である裏筋の三日月をそっと舐め上げてきた。

「あああぁぁ…っ」

身体中が総毛立つように、ぞくぞくとしたわななきが止まらない。シーツを蹴る足の爪先《つまさき》が、耐えられないように内側にぎゅう、と丸まった。

「あっ、あっ、きもち、いっ……」

絢都の肢体が佳孝の腕の中で淫らにくねる。たまらない快感を受け、中に入ったままの佳孝を肉洞の媚肉《びにく》がきゅうきゅうと締め上げた。

「っ……」

佳孝の口から熱い息が漏れ、彼は絢都の太股《ふともも》を持ち上げると、ずん、ずん、と次第に深く律動を刻んでいく。

「っ、あっ、くぁあぁあ…っ」

前を舐められ、後ろを突かれる快感は絢都に正気を失わさせた。異なる刺激が体内でひとつに混ざり合い、大きく膨れ上がって身体中へ駆け巡っていく。

「――…っ！　あぁあ――…っ」

軽い極みが何度も身体を突き上げた。絢都はその度に背を反らせ、佳孝の肩に後頭部を擦りつけるようにしてよがる。

「っ、ア、あ、いく、イく、あぁぁあ……っ」

何度目かの強烈な絶頂が絢都を襲った。その瞬間、身体中をびくびくと痙攣させながら足の指の先まで犯してくる愉悦と悦楽に身を委ねる。

「ああ、はあぁぁぁあ…っ！」

思考が白く濁って、飛ぶ。自身から噴き上がった白蜜は、諒賀がすべて口の中で受け止めてくれた。

「おい、交代しろ。俺も挿れたい」

「わかった」

余韻にくったりしている絢都の中から、佳孝が自身を引き抜く。ずるり、とした感触と共に抜け出ていく感触にすら腰を震わせた。

「ふあ…あ」

「アヤ、今度は俺で気持ちよくなってくれ、な？」

前から抱きしめてきた諒賀に口を吸われ、絢都は甘く呻いた。諒賀の胴を跨《また》ぎ、彼の怒張の上に腰を落とすようにして受け入れる。

「んんっ、ふ、あぁ…っ、は、入って、きた…っ」

佳孝によって犯され、かき回されていた絢都の内部は今やとろとろに蕩《とろ》け、硬く凶悪な諒賀のものを嬉《うれ》しそうに呑み込んでいく。諒賀は満足気に絢都の双丘を摑むと、指が食い込むほどに揉みしだいた。そうすると内壁が男根とよけいに擦れ、快感が増すのだ。

「んぁあっ、ふう、う…っ、そ、それ…っ」

「気持ちいいだろ?」

絢都は彼のタトゥーの入った二の腕にしがみ付き、こくこくと頷く。佳孝の放ったもので充分に潤っている肉胴が、卑猥《ひわい》な動きにさらに卑猥な音を立てた。

「あっ、あっ！　…ぐちゅぐちゅ、いって……っ」

「そうだな、やらしいな」

言葉で煽られて、頭の芯が焦げつきそうな興奮に焼かれる。絢都は次第に自分から腰を揺らし、彼の男根を味わった。整った顔に恍惚とした表情が浮かんでいる。

そんな絢都を佳孝が後ろから抱きしめ、首筋に顔を埋めた。舌を這わせながらも、手は絢都の股間のものを握り、優しく扱いてくる。

「あ、は、ああぅんっ…！」

また前後を同時に責められてしまい、頭の中が濁った。気持ちがよすぎて何も考えられなくなる。

「痣のところ、虐めてやろうか」

「ん、え…？　あああっ」

佳孝の指で、裏筋の三日月の痣をくすぐるように刺激される。絢都は悲鳴のような嬌声《きょうせい》を上げて身悶えた。内部にいる諒賀のものも強烈に締めつける。それに負けじと諒賀が下から強く突き上げてくるので、絢都は口の端から唾液《だえき》を滴らせて喘《あえ》いだ。

「んぁ…っ、あああぁぁぁあぁ…っ！」

びくん、びくんと身体が跳ねる。

「あっ、そ…れ、すごい、あ、あっ！　あぁぁぁあ…っ！」

仰け反り、いく、いく、と言葉を垂れ流しながら、絢都は達した。身体の奥深いところで得る極みは、何度味わっても慣れることがない。毎回死にそうになる。諒賀の精が最奥に叩きつけられた時、ふっと意識が遠くなった。けれど、再び深く突き上げられ、その快感に現実に引き戻されてしまう。

「はっ、あ――っ…！」

「まだ寝るには早えだろ」

「あっ、あっ！　いま、イって……っ」

達したばかりの肉体を容赦なく責められ続けても、身体が勝手に受け入れていく。絢都の理性は完全に熔け崩れていった。

「ほら、ここ好きだろ？」

諒賀の先端が弱い場所をごりごりと抉《えぐ》っていく。喜悦が絢都を支配していた。

「あ、は…っ、あ、す、き、気持ち、いい……っ」

「じゃあもっと気持ちよくなろうか。お前が俺達から離れられなくなるくらい」

諒賀の囁きに、これ以上？　と思う。けれど次の瞬間、後孔に襲いかかる凄まじい圧に、絢都はぎくりと身体を強張らせた。

「な、あっ…!?　や、あ、佳孝っ！」

諒賀を咥え込んでいるその場所に、佳孝もまた這入《はい》り込もうとしている。ありえない事態にさすがの絢都も抵抗しようとした。だが身体にちっとも力が入らず、それも叶《かな》わない。

「だ、だめっ、むり、無理だからっ」

「大丈夫だ、お前なら。それに、すごく濡れて柔らかくなっている」

「力抜けって、ほら」

「ああっ……」

諒賀の指に乳首を摘まれると、それだけで絢都の身体から強ばりが抜けていく。甘い痺れに喘いでいると、その隙に佳孝のものが絢都の中に入ってしまった。

「…っ、ああ――…っ！」

「くっ…っ」

「さすがにきついな…っ」

肉洞の中に二本の男根が這入っている。ありえないほどいっぱいにされ、絢都は息が止まるかと思った。

「っ、あっ…あっ」

だが、絢都の肉体は愛《いと》しい男達を受け入れ始めた。苦しいと感じたのは最初だけで、そこから次第にじんじんとした快楽が生まれて広がっていく。

「んあっ…あ、うそ、あ…っ」

彼らは絢都を落ち着かせるように、感じるところ、至るところを優しく撫でていった。それもあってか、快感は急激に膨らんでいく。

「…っあ、んっ」

ぐち、という音と共に、絢都の腰が揺らめいた。

「ひ」

内部でひしめきあっている男が壁を擦る感触がとてつもない快楽を生み出す。それに気づいて、絢都は怯《おび》えるような声を上げた。苦痛ではない。快楽にだ。

「……そろそろ、大丈夫そうか？」

男達が気遣うように腰を動かす。その瞬間、耐えがたい愉悦がぶわっ、と全身に広がった。

「あ、ひ、ああんん…っ、あっ、ああ――…っ！」

身体が内側から吹き飛ぶのではと思うほどの暴力的な快感。絢都はそれに耐えられなかった。

男達は互いにタイミングを計るようにして突き上げ、絢都の淫乱な内壁を蹂躙《じゅうりん》していく。

「ああっひっ、いく、いくっ、こんなっ…！」

絢都は一度達したかと思うと、それがずっと続くような快感に取り乱した。二人の男の間で揉みくちゃにされ、愛液を滴らせる。

「絢都…っ、ずっと俺達といるな？」

「もう他の奴らにヤらせたりすんなよ？」

好きだ、と荒々しい息の下で彼らが囁く。

「ん…う、うんっ、ずっといるっ…！　すき、すきだから…っ、ああっ」

とんでもないことをされているというのに、絢都の胸は喜悦でいっぱいだった。快楽なら村の男達にも嫌というほど味わわされたけれども、佳孝と諒賀にされると身体も心も蕩けそうになる。たとえそれがどんなことでも。

「も、もっと、して、し…て……っ」

多幸感と快楽で身体が破裂しそうだと思った。

どこで生きても構わない。二人と一緒ならば。

離れられない男達のものを同時に受け入れ、愛されながらも、こうして共に生きていくのだと、ぐちゃぐちゃになった感情で思うのだった。

藍《あい》色の空が広がっている。頭の上は暗いが、ずっと向こうはうっすらと明るくなっていた。

もうすぐ夜が明けるのかな。絢都はそう思った。

周りを取り囲む景色は、常師栄村のものだった。

何度も見ている村の夢。けれど今回のそれは、少し違っていた。

薄い色の花びらが舞っている。足下には一面に花が咲いていた。ふと気がつくと、絢都の周りに誰かがいるのがわかった。

(あの人達だ)

村の片隅にあった墓標と、目の前にいる人の数が同じだった。

絢都はその人達の顔を見たことがない。けれども何故かわかっていた。この人達は、村を繁栄させることができなかった、『外れたほうの月印の者』達だと。

「ごめんなさい」

絢都は彼らに謝る。

「俺は結局逃げ出したことには変わりない。せめて終わりにさせなきゃと思ってそうしたけど、あなた達の無念を晴らすことはできなかった」

絢都の言葉に、彼らは微笑《ほほえ》む。皆穏やかな顔つきをしていた。

「構わない。村の来し方を見守ることが出来たから」

「物事はいつか滅びる。君が心を痛めることではないよ」

絢都は鼻の奥がつんと熱くなるのを感じた。自分の責ではないことで理不尽に命を奪われたというのに、この人達はどうしてこんなに静かなのだろう。

「私たちは結果的に村の糧となることができた。君のおかげだ」

「俺は何もできなかった」

「いいんだよ、それで」

彼らは絢都を肯定する。

「それでいいんだ」

確信に満ちた声。絢都はそれを悲しく思った。

「僕たちのことはもういいんだ。村の終わりと共に、僕たちも行く」

彼らは踵《きびす》を返し、薄明のほうへと向かおうとしている。

「君は自分の生を生きろ」

一人、また一人と彼らは歩いて行く。最後の一人が絢都を見てにこりと微笑んだ。その瞬間に、この人が自分の前の月印の者なのだと悟る。

彼らは光に溶けるようにして消えていった。

（ああ――終わったんだ）

長きにわたる因習の呪い。

それらは薄明とひとつになり、ただ時の流れだけがそこに残る。

「ありがとうございました」

自分も帰ろう。

絢都はそう思って、意識をゆっくりと浮上させていった。

村の夢はもう見ない。

夜明けに至る熱

有島佳孝《ありしまよしたか》は比較的生真面目な青年だった。自分が寂れかけた村に生まれたことにも特に疑問は抱かず、自分はここで生き、ここで死ぬのだと思っていた。少なくとも十代の中頃くらいまでは。違ってきたのは、ある日川から流れてきた一人の少年を助けてからだった。

彼はどうしようもなく孤独だった。

まだ幼いのに重責を背負わされ、けれどその重みに負けないと必死で立っているようにも見えた。

俺が支えてやることはできないだろうか。

濡《ぬ》れて震えている彼を諒賀《りょうが》の部屋に連れていき、服を乾かしてやった時からそんなことを思っていた。

こんな年端もない子供に。

「なあ、あの子もあと数年もすると、エロいことになるんだろ」

『月印《げついん》の者』というのは、どうもそういう存在らしい。幼なじみというか腐れ縁の諒賀にそんなことを漏らすと、奴はにやりと悪い笑みを浮かべた。

「なんだよ」

「お前がそんなこと言うなんて、めずらしいと思ってさ」

「だってそうだろ。『月印の者』なんて初めて見た」

「八十年ぶりらしいな」

この村に伝わる因習は佳孝も知っていた。絢都《あやと》が生まれた時は静かな村の中がちょっとした騒ぎになったのを覚えている。そんなことが本当にあるのかと思ったが、どうやら本当らしい。

「あの子が十八になった時に儀式を行って、それでこの村が繁栄するのか」

「無理だろ、こんな村今更どうにもならねえ」

袋に残ったポテトチップを行儀悪く口の中に流し込んで諒賀は言った。彼は髪の色も明るい し服装も村では浮いていて、年寄り連中は「あの不良が」だなんて古式ゆかしい陰口を叩いている。けれど自分とは妙に気が合って、何かしらとつるんでいた。

「けど、何か気にいらねえな」

「何がだ」

「あんな子に村の運命背負わせて、それでどうにかしてもらおうっていうこの村の連中がだよ」

「……そうだな」

佳孝も『月印の者』がもたらす恵みとやらには懐疑的だった。佳孝の両親もまたその思想に染まっていて、夜凪《よなぎ》家の絢都様には失礼のないように、と口を酸っぱくして言われていた。

実際に間近で見た絢都は細くて頼りなく、けれど責任感だけは一人前で無理やり大人っぽくさせられた印象の少年だった。けれど、妙な色気が纏《まと》わり付いていて、佳孝は濡れた肌から思わず目を逸《そ》らしそうになったことを思い出す。

どうにかしてやりたい。気づけば佳孝はそればかりを思っていた。

絢都と自分達はそれ以来何かと会うようになった。見かける時はほとんど一人でいた絢都の話し相手になったり、勉強を見てやったりもした。まるで可愛《かわい》い弟ができたようで、けれど佳孝は時折感じる自分の中の劣情から目を逸らす。

こんな子供に、何を考えているんだ。

だが、絢都は『月印の者』だ。あと少しすれば、彼の肉欲を鎮めるための『夜者《やしゃ》』が選ばれるだろう。そうなれば、その者が彼を抱く。

「……っ」

それを考えた時、腹の奥が焦げつくような、嫌な感じを覚えた。

(ああ、俺は嫉妬《しっと》してるんだ)

いずれ現れる、彼の夜者に。

それくらいなら、自分が務めたいと思った。

「有島佳孝、吉井《よしい》諒賀。――――両名を、『月印の者』である夜凪絢都の夜者としての役目を授ける」

絢都が十五になった時、佳孝と諒賀は村の神社に呼ばれ、神主と村長、あと何人かの村の重鎮達の前でそれを言い渡された。

諒賀は佳孝と共に、神妙に頭を下げてみせる。反対側にいた絢都は顔を強張《こわば》らせていた。

（馬鹿だな。なんでそんな顔するんだよ）

彼の表情を盗み見ながら、諒賀はこっそりと口の端を上げながら思う。

初めて会った時から、諒賀と佳孝はこの村の誰よりも絢都に寄り添ってきた。彼の肉親よりもだ。諒賀は佳孝が絢都に対して性的な欲を抱いていることに気づいていたが、それは自分も同じような思いを抱いていたからだった。

まだ幼い顔をしていると思えば、時折ふと大人びた面を見せる絢都。それは彼が背負わされた特異な役目と、その体質によるものなのだろう。自分がやらなければと気負う反面、その立場に納得していない思いが絢都の中に同居していて、それが彼を苦しめている。

手を差し伸べたいと思った。自分達に、いや、自分に頼って欲しい。いっそ連れて逃げて欲しいとわがままを言って欲しかった。

（けど、言わねえだろうなあ）

絢都はもうその役目を受け入れてしまったようだった。成長するに従って、諦念《ていねん》のような色がその濡れたような瞳《ひとみ》の中に見えるようになる。そしてそれは、時に男を煽《あお》り立てるのだ。

（夜者になれたのはラッキーだったと思うべきか）

自分もまたこの馬鹿げた因習に組み込まれるのはご免だと思わないでもなかった。だが、これで大手を振って絢都を口説ける。それなら、引き受けるのはやぶさかではない。諒賀はそう判断した。

だが、夜者となる者は通例ならば一人のはずだ。いくら自分達が普段つるんでいるからといって、二人同時に選ばれるのは少し違和感があった。どうやら佳孝も同じことを思っていたようで、怪訝《けげん》そうに諒賀と顔を見合わせてくる。

だがその理由はすぐにわかった。

絢都が『月印の者』として初めて二人の前に相対した時、彼はその身体の秘密を見せてくれた。羞恥《しゅうち》に今にも泣き出しそうになりながら、自分の一番秘めたところを。

『月印の者』の性欲の度合いは、下半身に出る痣《あざ》の位置による。性器に近いほどにそれは強くなると聞かされていたが、絢都の痣は、性器そのものにあった。

なるほど、それでは二人同時に選ばれるわけだ。

諒賀としては、全然構わなかった。

それは、時には独占したいと思うこともあるが、ずっと以前から特別な仲だった自分達がこうして選ばれるのは当然のことのように思えた。この際、忌々しい因習に組み込まれたということは棚に上げておく。

だが、このままでは済まさない。

いつかきっと、この馬鹿馬鹿しい村を出て行ってやる。

そして三人で、ここではない都会でおもしろおかしく過ごすのだ。

諒賀はその時にそう決心したのだった。

「……この間、夢を見たんだ。あの村の夢なんだけど」

行為の後、まだ熱の引かない肌を持て余しながら絢都が呟《つぶや》いた。

まだ夜明けには遠い。窓の外には、自分の身体に刻まれた痣と同じ形をした月が煌々《こうこう》と夜空を照らしていることだろう。

「夢に過去の『月印の者』達が出てきて……、俺に言葉をくれた後、溶けるように消えてしまった」

「それって、村の外れにあった墓石のか？」

繁栄を連れてくることが出来ず、命を絶たれてしまった『月印の者』達かと、佳孝が尋ねた。

絢都は片頬《かたほお》をシーツに押し当てながら、こくりと頷く。

「墓標の数と同じだった。間違いないと思う」

「センパイ達は何て言ってたんだ？」

「自分達のことはもういいから、自分の人生を生きろって言ってた。俺の都合のいい願望が見せた夢なのかな」

そうではないことは、絢都にもうっすらとわかっていた。

あれは終わりを告げる夢だ。それでもそんなふうに言ったのは、彼らとそのことを共有して、確認したかったのだと思う。

「お役御免なんだよ。お前もセンパイ達も」

「俺もそう思うぞ」

「……そっか」

そう言われて、絢都は安堵《あんど》にも似た思いに微笑した。俺は大丈夫。彼らがいるから。だからあの人達も穏やかに眠れるといい。そして、いつか生まれ変わって、今度は幸せな人生をまっとうして欲しかった。

「お前もがんばったな」

佳孝の大きな手に頭を撫《な》でられる。

「これからはご褒美に楽しいことばっかだぞ」

諒賀の手には頬を撫でられて、ふいに泣きたい気持ちになった。こういう胸が詰まるような感情を幸せというのだろうか。まだ慣れていないので、絢都はよくわからない。

「まあ、俺の痣も、この体質も消えなかったけど……」

照れ隠しにそんなことを呟いた。あんな夢を見てすっかり終わっても、絢都の身体の痣は消えない。ふとした拍子に身体が疼《うず》いてしまうのも以前と同じままだった。そうそう都合良くはいかないということか。

「何か問題あるか？　それって」

「問題…あるんじゃ、ないか？」

諒賀が不思議そうに尋ねてくるので、絢都も戸惑いながら答える。伏せていた上半身を起こして乱れた髪をかき上げる。

「だって普通じゃないだろ、こんなの」

「普通でなくとも構わないんじゃないか？」

佳孝がひどくあっさりと言う。思わず毒気を抜かれてしまいそうだった。

「そいつは、センパイ達が俺達に残してくれたお楽しみ要素なんじゃねえの？」

「は…？」

さすがに諒賀の言葉には一瞬理解が及ばなかった。絢都が呆気《あっけ》にとられていると、佳孝が吹き出す。

「かもしれんな」

「だろ？」

あまりにお気楽な二人の態度を見ていると、絢都も脱力してしまう。自分もそんなふうに気楽に考えたらいいのかもしれない。確かに、彼らとする行為は好きだ。気持ちがいいばかりではなく、肌を合わせることが幸せだから。

「そんなふうに言われたら、何か、また……」

さっきしたばかりだというのに、絢都の身体の中に新たな焔《ほのお》が宿る。下腹の奥がヒクつく感覚に背中を震わせた。

「またしたくなった？」

諒賀の悪戯《いたずら》っぽい声が聞こえる。するりと背中を撫で上げられて、思わず声を漏らした。

「いくらでもしてやる。お前が嫌って泣くほど」

「そ、それは、やだ…」

彼らは本当に泣くほどイかせてくるから、その時の快楽を思い返して絢都の内奥が濡れてくる。

「スケベなのは悪いことじゃねえよ」

「あっ」

再びシーツに沈められ、やんわりと押さえつけられた。すでに力など抜けきってしまっている絢都は、彼らの愛撫《あいぶ》をいとも簡単に受け入れた。

ぷっくりと硬くなっている胸の突起を左右からそれぞれ舌先を伸ばされる。同時に舐《な》められ、転がされて、甘い快感が身体中に広がった。

「はっ…、は…あっ、あっ…！」

敏感な乳首は、少し刺激されるだけでも我慢できない。勃起したそれを舌先でちろちろと嬲《なぶ》られ、あるいは押し潰《つぶ》すようにされると、泣きたいほどの快感に襲われる。

「あ、あ、あ」

「感じるか？」

「お前、ここ大好きだもんな」

時折そっと歯を立てられると、その度に鋭い刺激に身体の中心を貫かれた。彼らは時々口を離し、指先で突起をかりかりと引《ひ》っ掻《か》くように嬲ってくる。

「うう、あ…っ、んん、ん、あっ、す…すき…っ、気持ちいぃ……っ」

「どこが気持ちいいんだ」

佳孝が少し強めに突起を摘まみ上げる。途端に身体の芯《しん》がきゅううんっと切なくなった。

「あ、あっ、ち、乳首っ……」

「ちゃんと言えてえらいぞ」

両側から音を立てて吸い上げられる。ねぶるような舌の動きに、絢都は陥落するしかなかった。

「んん、あ――…っ」

体内で快楽がぶわっ、と膨れ上がる。背中がシーツから浮き上がった。

「ひ、う、んん――～っ」

胸の上のふたつの突起だけで絢都は達してしまう。脚の間で腹につくほどに勃《た》ち上がっているものから白蜜が噴き上がった。

乳首による絶頂はしつこく全身を痺《しび》れさせ、甘い余韻がいつまでも引いてくれない。

「あーあ、こんなに出して」

諒賀がくすくすと笑いながら絢都の脚の間に回る。力の入らない脚を大きく広げられて恥ずかしい部分を露《あら》わにされた。

「俺がキレイにしてやるよ」

「ああ、あ、ああっ…！」

諒賀の舌先が舐め上げてきたのは絢都の裏筋にある三日月形の痣だった。一番感じてしまうそこを優しくいやらしく舐められ、下半身が快感に占拠される。

「そ、こっ…、あぁぁあ…っ」

「こんなに気持ちよくなれるところがあるのに、なくなったらもったいねえだろ？」

諒賀の舌先が痣をくすぐるように撫でていく度に、腰ががくがくとわななないた。感じて悶《もだ》える上体は背後から佳孝に抱き抱えられ、さっきイったばかりの乳首を愛撫される。爪を立てるようにしてカリカリと刺激されるのがたまらない。

「あっ！　ああっ、は……っ」

「気持ちいいの好きだろう？」

佳孝の舌先が耳の中でくちゅくちゅと動く。背中を舐められるようなぞくぞくとする波が這《は》い上がってきた。

「やあ、アっ、いく、いく…っ」

追いつめられて絢都は啼泣《ていきゅう》する。頭の中が沸騰したように興奮が渦を巻いていた。諒賀が口の中に絢都の肉茎をぬるんと包んでくる。

「ふっ、ふうぅ…っ、くぅ、んん――…っ」

絶頂の瞬間、佳孝が背後から口づけてきた。歓喜の声が彼の口の中に食われるように奪われる。絢都の全身がびく、びく、と跳ねた。

「……ふう」

絢都が放ったものをすべて飲み下した諒賀が口元を指先で拭《ぬぐ》いながら顔を上げる。

「なあ」

彼の指先がたった今吸い上げた先端にそっと触れた。そんな感覚すら、今の絢都は鋭敏に感じ取ってしまう。

「ここの孔、虐《いじ》めてもいいか?」

「……え、あ……」

彼が言っているのは蜜を出す小さな孔のことだ。そこは儀式の時に初めて犯されて以来、何度かされている。刺激が強すぎて絢都は苦手だったが、結局は泣きながら感じてしまうのだ。

「や、だ…、おかしく、なる」

「なっていいって。見たい」

そうまで言われてしまうと、もう絢都には抗《あらが》うことはできない。今夜はすでに何度もイかされてしまって、行為に対する羞恥も抵抗感も薄れている。

諒賀がベッドサイドのチェストの引き出しを開け、いくつかの道具を取り出した。銀色の微妙に波打ったような形をしている棒。ブジーというのだそうだ。それからチューブに入ったゼリー。

「ああ……」

それらを見ただけで、強烈な快感を思い出し、絢都は喘《あえ》いでしまう。諒賀はその淫具《いんぐ》にゼリーをたっぷりとまぶした後、絢都の蜜口に狙《ねら》いを定めた。

「いくぜ」

「あっ…、んっんっ、んあぁあぁっ」

先端の小さな孔を広げられ、そこに淫具の先端が入ってくる。

「ゆっくり挿《い》れてやるからな」

「あっ、はっ…、や、もうっ、ひとおもいにっ……」

「だめだめ。我慢してな」

じわじわと埋められると、快感と異様な違和感が混ざり合ってつらいのだ。それをわかっているのに、彼らはわざとそんなふうにして絢都を虐める。だが絢都もまた、それを悦《よろこ》びとして受け止めてしまうのだ。なにをされてもいい。彼らになら、どんなことをされても嬉《うれ》しい。

「あ、は、ああ…っ」

張りつめた太股《ふともも》がぶるぶると震えて汗に濡れる。脚の爪先《つまさき》がきゅうっと丸まったり、伸びて広がったりを繰り返していた。

「絢都…、つらいか？　よしよし」

「ああっ…、よし、たかぁっ」

佳孝の手が震える絢都の肌を宥《なだ》めるように這い回る。その指先が乳首を掠《かす》める度に、ぴくん、ぴくんと上体が震えた。

「上手に呑《の》み込んでるぞ。もう少しだ」

「は、あ、ひぃう…っ」

精路が少しずつ犯されていく。じわじわと広がる痺れは、もうはっきりとした快感となっていた。だが、本当の快楽地獄はこれからで、絢都はそれに怯《おび》えていた。怯えつつも、期待していた。

「ん、ひぃ――――…っ」

淫具の先端がある一点に触れる。それだけで全身を強烈な快感が襲った。指の先まで呑まれるような愉悦。

「よし、届いたぜ」

「絢都、今度は後ろからだ」

「あ、ああ…っ、そん、な…っ」

精路を淫具に貫かれたまま、佳孝の逞《たくま》しい膂力《りよりよく》で背後から持ち上げられる。そして先ほどまでさんざん犯された後孔に、佳孝の男根が押し当てられた。今度はずぶずぶと一気に刺し貫かれる。

「うあ、あああぁあ」

たっぷりと精を中に出されているので、絢都の肉洞は容易に彼を受け入れた。太いものに奥まで突き入れられ、精路まで侵されて、絢都は息も絶え絶えだった。

「あう…う、あうっ……」

あまりのことにぶるぶると震えるだけの絢都の、淫具が突き刺さった肉茎を諒賀がそっと撫でる。

「俺達はお前が気持ちよくなるためだったら何でもしてやるぜ？　それが俺らの役目だからな」

「夜者とかだからじゃない。俺達がそうしたいからだ」

白く濁った思考の中に彼らの言葉が染みこんでいった。

（村の人達は好き勝手に俺を嬲ったけれど、ここまでしてくれる人はきっといない）

「わ、わかって、る……っ、あっ、すき、すきだから…あっ、いじめて…っ」

自分でも何を言っているのかもうわかっていない。だがそれを合図にしたように、諒賀が淫具に指を伸ばしてくる。

「あんまり動くと危ねえから、腰押さえとけよ」

「わかった」

佳孝の両手が絢都の太股をしっかりと押さえ込んだ。身動きを封じられた後、諒賀の指が淫具の先端をとんとんと軽く叩く。

「あああ、ふあぁぁあっ」

たったそれだけで、身体の芯まで響く快感があった。腹の奥まで響くようなそれに上体が仰のけ反《ぞ》る。だが下半身は固定されていてほとんど動かせなかった。絢都はひぃひぃと啜《すす》り泣きながら快楽によがる。

「逃げ場がなくてつらいか？　けど、気持ちいいだろ？」

「ひ、あ、ひぃ……っ！」

諒賀の言う通り、動けないぶん刺激が逃がせない。そのために絢都は愉悦のすべてを受け止めてしまうことになった。まるで下半身が自分のものではないみたいだった。それなのに、感覚だけが鋭敏になっている。

「っ、〜〜〜〜っ！」

前後から内部の弱い場所を挟まれていた。それは駄目になってしまうほどの快感で、絢都はすでに理性を飛ばしていた。

「い、い…っ、あっ、いいよぉ…っ、きもちいい……っ」

淫らな言葉を口から垂れ流していることにも気がついていない。下肢の前後からはくちゅくちゅと卑猥な音が響いていた。後ろに咥《くわ》え込んだ佳孝をひっきりなしに締めつけているので、時折彼の熱いため息を首筋に感じる。

「あ、いく、イく――――…っ！」

精路を塞《ふさ》がれていて出せないのに絢都は達した。身体中が硬直し、次にびくびくと震える。

「イけてえらいえらい」

諒賀に優しく頭を撫でられた。それがひどく嬉しい。

「そろそろ動いていいか。ずっと締めつけられてて俺も限界だ」

「ああ？　もうちょっと虐めたかったけど、仕方ねえな。まあいいぜ」

佳孝と諒賀が会話をした後、絢都はいきなり身体を持ち上げられ、シーツの上に這わせられた。身体を支えきれず、腰だけを持ち上げられた状態で、背後から強く突き上げられる。

「んぁあああっ」

脳天まで突き抜けるような衝撃。佳孝はよほど切羽詰まっていたのか、乱暴に絢都の腰を摑み、抉るようにぶち当ててくる。

「あっ、ひっ、あっ！　ふ、深、いぃ…っ！」

いくら感じても精を放つことはままならない。そのため、絢都はまた吐き出せない悦楽に悶えなければならなかった。快楽に悶える肉洞をかき回され、全身が炎で炙《あぶ》られたように熱くなる。

「く…っ、絢都…っ！」

獣のような佳孝の動きも、絢都はすべて快楽として受け取った。ずんずんと突かれ続けた内部が耐えきれずに絶頂に達し、その度に絢都は全身を震わせて咽《むせ》び泣く。

「ほら、俺に捉まりな、アヤ」

差し伸べられた諒賀の腕に縋《すが》り、無我夢中でしがみつく。唇を重ねられると、自分から舌を突き出してねだった。

「んあ、あ、んうう…っ」

口を塞がれ、甘い呻《うめ》きが鼻から漏れる。背後で動く佳孝の律動が速まった。やがて短い低い声が聞こえてきて、腹の中を熱い飛沫《しぶき》で満たされる。

「ん、あ――――…っ!」

まるでびりびりと電流のような絶頂に身を震わせながら嬌声《きょうせい》を上げた。もちろん精路を塞がれているので吐精はできない。そのため、熱は体内を駆け巡ったままだった。

「もう少し我慢な、アヤ。俺が終わったら出させてやるから」

「あ、あ、んん…っ」

もうつらいのがよくわからなくなって、恍惚とした声が漏れる。

後ろからずるり、と佳孝のものが抜かれると、今度は仰向《あおむ》けに押し倒された。両脚が胸につくほどにひどい格好をさせられ、縦に割れたそこに諒賀のものが押し這入《はい》ってくる。

「くうううんっ…!」

絢都は仰け反り、喜悦の声を上げる。絢都の肉洞は何度も精で満たされ、自らも潤うので、諒賀が動く度にひどく卑猥な音を立てた。繋《つな》ぎ目から溢《あふ》れた体液は白い筋となって絢都の下腹や内股を垂れていく。

「あ、あはあぁっ、あぁぁあ……っ」

気持ちよさのあまり、自ら腰を揺らしていく。佳孝にも舌を吸われて、夢中で吸い返した。

「アヤは俺達がずっと可愛がっていく。いいな?」

諒賀が息を荒げながら囁《ささや》く。

「んんっ…、ん、う…んっ」

絢都は佳孝に口を犯されながらも必死で頷いた。快感と多幸感で涙が零《こぼ》れる。その時だった。

絢都の股間に伸ばされた佳孝の指が淫具の先端を摑み、ゆっくりと引き抜いていく。

「うあ、ああっ」

「く…っ、すげっ」

身体が望むままに諒賀を締め上げると、彼はまるで苦痛でも耐えるように顔を歪《ゆが》めた。

淫具が精路から抜けていくごとに、身体の底から灼熱《しゃくねつ》の感覚が湧き上がる。忘れかけていた感覚に絢都は奥歯を嚙《か》みしめた。

「あ、出る、でるっ、イくっ、あっ!」

次の瞬間、淫具が完全に抜ける。それと同時に絢都の全身が不規則に痙攣《けいれん》し、弓のように反り返った。

「ひぃ、ああっ！　――――〜っ！　〜っ！」

「ぐっ……！」

声にならない悲鳴が部屋に響き渡る。長くせき止められていた射精の快感は凄《すさ》まじく、絢都は何度も震えながら放った。たっぷりと溜《た》められていた蜜が絢都自身の胸や顔にまでふりかかる。道連れにされた諒賀も自身の飛沫をしたたかに内部に叩きつけた。


「いや、すげかったよ。ねじ切られるかと思ったわ」

褒めているのかそうでないのか、よくわからない言葉を発しながら、諒賀は絢都の身体を濡れタオルで清めていた。

イった後軽く意識を飛ばしていたらしく、気がついたら彼らが甲斐甲斐《かいがい》しく後始末をしてくれていたのだ。ほとんど毎回そうなので申し訳ないと思いながらも、今夜は彼らのほうに責任がありそうなので、大人しくしてもらうことにした。

「俺も今夜はもう一滴も出ないいな」

「まあまた明日になれば発射可能だけどな～」

「当然だ」

絢都は自分を淫乱だと思うが、彼らもたいがい絶倫なのではないだろうか。まあ、だから夜者として選ばれたのかもしれない。

「ほら、終わったぞ」

「明日起きたら風呂に入れな」

「…うん、ありがとう」

無体なことをされたというのに、何故か怒る気になれない。こんなふうに大事にされているとわかるからだ。

「一緒に、寝よう」

少し掠れた声で誘って腕を伸ばす。その手がしっかりと握り返された。身体の左右に慣れ親しんだぬくもりが寄り添ってくる。

「おやすみ絢都」

「ゆっくり寝ろよ」

優しい声が降ってきて、睡魔が押し寄せてくる。あれだけ肉体を酷使したのだから当たり前だ。

けれど、眠りから覚めたらまた一緒にいられる。絢都はそれを確信していた。
すう、と深く息を吸い込み、絢都は深い眠りに身を委ねた。

あとがき

こんにちは。西野花《にしのはな》です。『月印の御子への供物』を読んでいただきましてありがとうございました。

私はデビュー作で村の因習ものを書いたんですが、たまにこういう村BLを書きたくなります。それと最近あまり複数を書いてなくて、今回書きたいなと思いました。

私は地方都市の仙台《せんだい》の街中で生まれ育ちました。母も地元で生まれ育ったのですが、父は岩手《いわて》の田舎の出身でした。家のすぐ裏は山でした。隣の家が遠くにあるようなところです。トイレも外にあるようなところで、風呂は五右衛門風呂だったような気がする。父が生きていた頃は時々行っていたのですが、夜は真っ暗で灯りなんか何もなくて子供の時は怖かったです。また親戚のおじさんが怖い話をして脅すんですよね…。そんな感じで、私の中には田舎というのはノスタルジックかつ得体の知れないものがあるんじゃないかという意識が根付いてしまったのでした。現在田舎にお住まいの方は申し訳ないです。そしてそんな田舎の底知れなさに惹かれて、時々こういう話を書いてしまうのでした。でもあまり陰惨な感じにはしないで欲しいと担当さんに言われてこのくらいのテイストに留めました。

担当様、今回もお世話になりました。面倒を見てくださり、毎回ありがとうございます。

笠井《かさい》あゆみ先生も挿画を引き受けてくださりありがとうございました！　笠井先生とは他社のお仕事などで何度も組ませていただいているのでおそらく信頼のエロさ&美しさだと思います。毎回出来上がりが楽しみです！

そしてこの本が2023年の一作目となりますが、今冬は厳冬&電気代が高いですね！　しかし、家にいるネコチャンには寒い思いはさせないぞ！

今年は時間の使い方をより考えていきたいと思います。お仕事もしつつ、趣味のことやカフェ巡りなどもできるようにしたいですね。旅行も何度か行きたいです。一人旅も好きなんですが、たまには誰かと行くのも楽しい。あとは媒体問わず、インプットもしっかり行いたいと思います。

それでは、またお会いできましたら嬉しいです！

西野 花

Twitter ID　hana_nishino

この本を読んでのご意見、ご感想を編集部までお寄せください。

《あて先》〒141－8202　東京都品川区上大崎3－1－1　徳間書店　キャラ編集部気付

「月印の御子への供物」係

【読者アンケートフォーム】

QRコードより作品の感想・アンケートをお送り頂けます。

Chara公式サイト http://www.chara-info.net/

■初出一覧

Chara

月印の御子への供物

……【キャラ文庫】

2023年2月28日 初刷

著者 西野 花

発行者 松下俊也
発行所 株式会社徳間書店
〒141-8202 東京都品川区上大崎3-1-1
電話 049-293-5521（販売部）
03-5403-4348（編集部）
振替 00140-0-44392

印刷・製本 株式会社広済堂ネクスト
カバー・口絵
デザイン 間中幸子（クウ）

ISBN978-4-19-901092-7

西野 花の本

好評発売中

「溺愛調教」

イラスト✦笠井あゆみ

三人の男に抱かれ目覚める、秘めた劣情——。同棲中の男に振られ、バイトもクビになった夏乃《なつの》。そんな夏乃に救いの手を差し伸べたのは、遠縁の親戚でSM作家の了一《りょういち》だ。まだ幼かった夏乃に快楽を教えた、憧れの男——。しかし了一の家に行くと、見知らぬ二人の男が!! 「こいつらは、おまえを天国に連れていくための協力者だ」そう告げられた夏乃は、男たちの手で未知の絶頂へ導かれ!?

西野　花の本

好評発売中

「陰獣たちの贄」

イラスト✦北沢きょう

肉欲を知らない身体を、一瞬で発情させる刺青――。そんな淫紋を無理やり刻まれたのは、先読みの力を持つ斎《いつき》。占いで国を支えてきた鮎川《あゆかわ》家の若き当主だ。「お前は俺達の穢れを浄化する器になれ」そう言い放ち、斎を代わる代わる激しく抱いたのは、分家筋の内野《うちの》家の三兄弟だ。昔は優しかった彼らが、どうしてこんなことを――!?　絶望する間もなく、容赦のない快楽の波に溺れてゆく斎だが!?

西野　花の本

好評発売中

[獣神の夜伽]

西野　花
イラスト◆穂波ゆきね
獣神の夜伽
人間の快楽を凌駕する
神の絶頂に、耐えられるか——？
キャラ文庫

イラスト✦穂波ゆきね

太古の昔より人を襲い、死ぬまで犯す淫鬼が五百年ぶりに出現!!　そんな淫鬼と、時代を超え戦ってきた一族・夜伽衆《よとぎしゅう》。その若き美貌の長・伽夜《かや》は、一族を守るため荒ぶる神の召喚を決意!!　現れた三人の狗神は、「契約を交わすかは、お前の味次第だ」と冷酷に言い放つ。性技に長けた一族で唯一、神の贄として純潔を守ってきた伽夜。獰猛で凄まじい性欲を持つ狗神達に、その無垢な体を差しだすが!?

西野 花の本

好評発売中

［淫妃セラムと千人の男］

イラスト✦北沢きょう

魔王の番《つがい》として囚われ、年を取ることも許されず、凌辱されたオメガ――かつて誇り高き騎士として、国に忠誠を誓っていたセラム。そんな彼を奪い返しにきたのは、皇帝コンラッド。健気にセラムを慕い、剣の稽古をせがんできた王子の成長した姿だった!!「魔界に堕とされても、おまえは俺の光だ」けれど魔王の呪縛から解き放たれる条件は、一万回の絶頂と千人の男から抱かれることで――!?

投稿小説 大募集

『楽しい』『感動的な』『心に残る』『新しい』小説──
みなさんが本当に読みたいと思っているのは、
どんな物語ですか？
みずみずしい感覚の小説をお待ちしています！

応募のきまり

応募資格

商業誌に未発表のオリジナル作品であれば、制限はありません。他社でデビューしている方でもOKです。

枚数／書式

20字×20行で50〜300枚程度。手書きは不可です。原稿は全て縦書きにしてください。また、800字前後の粗筋紹介をつけてください。

注意

❶原稿はクリップなどで右上を綴じ、各ページに通し番号を入れてください。また、次の事柄を1枚目に明記して下さい。
(作品タイトル、総枚数、投稿日、ペンネーム、本名、住所、電話番号、職業・学校名、年齢、投稿・受賞歴)

❷原稿は返却しませんので、必要な方はコピーをとってください。

❸締め切りは特別に定めません。採用の方にのみ、原稿到着から3ヶ月以内に編集部から連絡させていただきます。また、有望な方には編集部からの講評をお送りします。(返信用切手は不要です)

❹選考についての電話でのお問い合わせは受け付けできませんので、ご遠慮ください。

❺ご記入いただいた個人情報は、当企画の目的以外での利用はいたしません。

あて先

〒141-8202　東京都品川区上大崎3-1-1
徳間書店　Chara編集部　投稿小説係

投稿イラスト 大募集

キャラ文庫を読んでイメージが浮かんだシーンを、
イラストにしてお送り下さい。
キャラ文庫、『Chara』『Chara Selection』『小説Chara』などで
活躍してみませんか？

応募のきまり

応募資格

応募資格はいっさい問いません。マンガ家&イラストレーターとしてデビューしている方でもOKです。

枚数／内容

❶イラストの対象となる小説は『キャラ文庫』及び『Chara、Chara Selection、小説Charaにこれまで掲載された小説』に限ります。
❷カラーイラスト1点、モノクロイラスト3点の合計4点をお送りください。カラーは作品全体のイメージを、モノクロは背景やキャラクターの動きのわかるシーンを選ぶこと(裏にそのシーンのページ数を明記)。
❸用紙サイズはA4以内。使用画材は自由。データ原稿の際は、プリントアウトしたものをお送りください。

注意

❶カラーイラストの裏に、次の内容を明記してください。
(小説タイトル、投稿日、ペンネーム、本名、住所、電話番号、職業・学校名、年齢、投稿・受賞歴、返却の要・不要)
❷原稿返却希望の方は、切手を貼った返却用封筒を同封してください。封筒のない原稿は編集部で処分します。返却は応募から1ヶ月前後。
❸締め切りは特別に定めません。採用の方にのみ、編集部から連絡させていただきます。また、有望な方には編集部から講評をお送りします。選考結果の電話でのお問い合わせはご遠慮ください。
❹ご記入いただいた個人情報は、当企画の目的以外での利用はいたしません。

あて先

〒141-8202　東京都品川区上大崎3-1-1
徳間書店　Chara編集部　投稿イラスト係